François Emmanuel

La question humaine

récit

Stock

ISBN 978-2-234-05176-8

« *Dans une sombre époque,
l'œil commence à voir.* »

Theodore ROETHKE

J'ai été pendant sept ans employé d'une multinationale que je désignerai sous le nom de SC Farb. Cette entreprise, d'origine allemande, détenait une importante filiale dans une ville houillère du nord-est de la France. J'y avais qualité de psychologue, affecté au département dit des ressources humaines. Mon travail était de deux ordres : sélection du personnel et animation de séminaires destinés aux cadres de la firme. Je ne crois pas utile de m'étendre sur la nature de ces séminaires, ils étaient inspirés par cette nouvelle culture d'entreprise qui place la motivation des employés au cœur du dispositif de production. Les méthodes y usaient indifféremment du jeu de rôle, des acquis de la dynamique de groupe, voire d'anciennes techniques orientales où il s'agissait de pousser les hommes à dépasser leurs limites personnelles. Les métaphores guerrières y prenaient une grande part, nous vivions par définition dans un environnement hostile et j'avais pour tâche de réveiller chez les participants cette agressivité naturelle qui pût les rendre plus engagés, plus efficaces et donc, à terme, plus productifs. J'ai vu dans ces séminaires des hommes d'âge mûr pleurer comme des gamins, j'ai œuvré à ce qu'ils relèvent la tête et repartent à l'exercice, avec dans leurs yeux cette lueur de fausse victoire qui ressemble, je le sais maintenant, à la pire des détresses. J'ai assisté sans sourciller à des déballages brutaux, à des accès de violence folle. Il était dans mon rôle de canaliser ceux-ci vers le seul objectif qui m'était assigné : faire de ces cadres des soldats, des chevaliers d'entreprise, des subalternes compétitifs, afin que cette filiale de la SC Farb pût redevenir l'entreprise florissante qu'elle avait été autrefois.

Il faut dire que la société se relevait à peine d'une période extrêmement difficile. Un plan de restructuration avait été mis en place quatre ans auparavant, provoquant la fermeture d'une chaîne de production et réduisant le personnel de deux mille cinq cents à mille six cents unités. D'une manière indirecte, j'avais été impliqué dans ce remembrement, sollicité par la direction pour affiner certains critères d'évaluation autres que l'âge ou le degré d'ancienneté. Mais de cette participation je ne puis encore parler, il y a un ordre au récit qui épouse moins la chronologie des faits que la lente et terrible progression de ma prise de conscience. Le maître d'œuvre de la restructuration, directeur de la filiale française, s'appelait Mathias Jüst. J'avais eu avec lui des contacts que l'on qualifie d'organiques (réunions de travail, échanges de rapports), mais je ne le connaissais qu'au travers de l'image distanciée qu'il entretenait auprès de tout son personnel : celle d'un gestionnaire secret, une nature tendue, ombrageuse, un être de dogme et de devoir, un bourreau de travail. Ses décisions étaient sans appel, même s'il les précédait d'une concertation de façade. Après la restructuration, la maison mère allemande avait dépêché à ses côtés un nommé Karl Rose dont les fonctions demeuraient floues : directeur adjoint, attaché plus spécifiquement aux questions de personnel. La rumeur filait bon train à propos des rapports qu'entretenaient les deux hommes, même s'ils se disaient amis et ne manquaient jamais de s'afficher comme des collaborateurs solidaires, sans l'ombre d'une dissension. Il faut préciser que Karl Rose apparaissait à certains égards comme l'exact contraire de Mathias Jüst. C'était un quadragénaire séducteur, aisément démagogue, tutoyant ses secrétaires, aimant se mêler aux employés, dont il connaissait souvent les prénoms. Derrière ces apparences rassurantes, se dissimulait un être d'une grande habileté relationnelle, un joueur rusé, aimablement cynique, et qui semblait avancer une à une ses pièces dans une partie dont l'essentiel nous demeurait caché.

Lorsque Karl Rose en personne me convoqua dans son bureau un jour de novembre 19.., je pressentis que l'entretien ne serait pas de pure forme. Il avait neigé d'abondance ce jour-là, très tôt pour la saison. À cause des multiples retards provoqués par la neige, j'avais dû ajourner mes rendez-vous du matin. Rose m'accueillit en me complimentant, il disait apprécier mon dynamisme et me félicitait d'avoir introduit avec mes séminaires ce « nouveau concept relationnel d'entreprise » qui commençait à produire ses effets. Cela posé, il demanda aux secrétaires de ne le déranger sous aucun prétexte et exigea de moi la confidentialité à propos de ce dont il allait m'entretenir. La mine soudain sévère, il se dit mandaté par la maison mère pour me saisir d'un problème préoccupant. L'affaire était grave puisqu'il s'agissait de Mathias Jüst, lui-même. (Il prononçait ce nom à l'allemande : Iust.) Avant d'aller plus loin, il s'enquit de la nature de mes relations avec le directeur général. Je lui répondis qu'elles étaient strictement professionnelles, que je ne connaissais pas l'homme en privé, que nous nous étions rencontrés assez rarement, à la faveur de réunions de travail. En dehors de celles-ci, nous nous saluions avec courtoisie mais sans rien échanger d'autre que des banalités. Cette réponse était proche de la vérité. J'ai parlé de confidentialité, reprit Rose, en tant que psychologue vous ne pouvez ignorer la charge de ce mot, entendez-moi bien : c'est avec vous seul que je désire partager ici *notre* préoccupation. Après quoi il me fit part d'une série de soupçons concernant ce qu'il fallait bien appeler l'état de santé mentale de Jüst. Ces soupçons demeuraient vagues, à moins qu'il ne souhaitât les laisser dans cet état d'imprécision pour ne pas trop se compromettre en un premier temps. Ils émanaient d'une des deux secrétaires personnelles du directeur, ils étaient confirmés par ce qu'il appelait des détails inquiétants. Je connais Jüst depuis près de dix ans, confia Rose, je l'ai fréquenté à la maison mère lors de nos réunions mensuelles, je le côtoie ici jour après jour, je constate depuis quelques mois qu'il n'est plus lui-même. C'est intuitif, c'est un composé de petites observations, mais pour qui connaît l'homme, la dissemblance est frappante. Je dis : la dissemblance, je crains de dire : la maladie, mais je n'ose aller jusque-là. C'est à vous de m'éclairer à ce sujet, vous êtes spécialisé dans le domaine. Comprenez, insista Rose, comprenez que cette affaire est d'une extrême gravité, Jüst est une des pierres angulaires de notre dispositif en France et de notre redressement. Ils veulent savoir en Allemagne ce qui lui arrive, ils veulent un rapport détaillé. Que ce rapport soit positif et tous nous serons rassurés, moi le premier, car j'ai une amitié profonde et même une dette à l'égard du directeur général. Karl Rose marqua ici un silence. Pour ce mandat *spécial*, reprit-il, je vous laisse gérer votre emploi du temps à votre guise, quitte à faire attendre ce qui peut attendre. Sans doute vous faudra-t-il nouer avec Jüst un contact personnel, sous quelque prétexte que ce soit, cela afin de vous faire une idée plus précise du problème. M. Jüst fréquente tous les samedis après-midi le golf auquel la firme est abonnée, vous pourriez peut-être vous saisir de cette occasion pour tenter une approche.

Comme je demandais à Rose s'il trouvait opportun que je rencontre la secrétaire qui lui avait parlé, le directeur adjoint eut un temps d'hésitation puis il finit par acquiescer, m'assurant qu'il la préviendrait, mais me priant de conduire mon investigation avec toute la délicatesse nécessaire car cette dame demeurait très attachée à son patron. Je sollicitai un jour de réflexion avant de donner ma réponse. Rose y consentit de bonne grâce. En le quittant, j'eus le sentiment d'avoir été très subtilement manipulé. Il faut dire que cette impression revenait après chacune de nos rencontres car l'homme ne laissait jamais poindre le fond de sa pensée. Sans doute, me disais-je, y avait-il un obscur enjeu de pouvoir entre les deux directeurs. Dans ce cas, s'ils étaient de force presque égale, je ne pouvais que me brûler au jeu. Mais Rose m'en avait trop dit et refuser cette mission risquait de me rendre gênant à ses yeux. Finalement, j'acceptai du bout des lèvres, me promettant de conduire une enquête discrète et de rendre un rapport aussi neutre que possible. S'il n'y avait eu chez moi une puissante curiosité pour ce qui se tramait là dans l'ombre, voire le sentiment illusoire de pouvoir malgré tout maîtriser le jeu, j'aurais usé d'un prétexte pour décliner la proposition.

La plus âgée des secrétaires de Mathias Jüst eut un moment d'effroi à me voir pousser la porte de son bureau. Elle accepta sans poser de questions le rendez-vous que je lui proposai dans une des tavernes chic de la ville, au cœur du centre commercial. C'était une célibataire d'une cinquantaine d'années, élégante mais chétive, toujours habillée d'un tailleur strict. Elle s'appelait Lynn Sanderson et avait gardé de son enfance anglaise un accent onctueux, légèrement chantant. Elle passa la majeure partie de notre entretien à nier qu'il y eût le moindre problème chez son patron, et à regretter de s'être ouverte à M. Rose d'une inquiétude qui se révélait sans fondement véritable. M. Jüst, me répétait-elle, comme si c'était cela ma question, M. Jüst est un homme d'une grande probité, d'une profonde rigueur, et d'un grand respect pour son entourage.

Tout au plus admit-elle qu'il traversait parfois des moments difficiles, comme chacun de nous sans doute, en raison de soucis qu'elle qualifia de personnels. Prononçant ces mots, elle cachait mal son émotion. Comme je lui assurai que mon rôle était avant tout d'aider quiconque est dans la difficulté, et que mon éthique professionnelle garantissait la confidentialité de notre entretien, elle parut à deux doigts de baisser la garde. Je mesure aujourd'hui l'hypocrisie de cette profession de foi éthique et combien l'usage du mot de confidentialité renvoyait au pacte avec Karl Rose. Lynn Sanderson tomba partiellement dans le piège. Elle se laissa mener, la voix brisée, vers l'un des soucis personnels de son patron, lequel avait eu un seul enfant, mort-né, et connaissait depuis lors des périodes de profonde tristesse. Nul n'est à l'abri du malheur, observa-t-elle les yeux dans le vague. Je crus saisir à cet instant qu'un lien particulier l'unissait à son directeur. Peut-être avaient-ils été amants, peut-être se gardaient-ils l'un et l'autre d'un amour qui ne se déclarerait jamais, ou l'aimait-elle secrètement, de cet attachement tenace dont sont capables certaines femmes, mais alors pourquoi avait-elle été voir Rose et pris le risque de trahir ce lien ? Je n'eus pas la réponse ce jour-là. Il me sembla opportun de ne pas insister, de déjouer la méfiance de la secrétaire en parlant de ce que nous avions en commun, et d'ainsi prendre date pour une entrevue ultérieure. Nous avions en commun l'amour de la musique, elle était violoniste à ses heures, mélomane avertie, sensible à Bach, Fauré, Franck, Schumann. M. Jüst également était violoniste amateur. Cet homme pourtant si sévère avec lui-même faisait montre d'une très grande sensibilité à la musique. Mais il ne joue plus, maintenant, crut-elle bon d'ajouter.

Un pli confidentiel, arrivé à mon adresse privée, retraçait la carrière de Mathias Jüst à la SC Farb. L'écriture nerveuse de Rose (« *À toutes fins utiles* ») couronnait ce document estampillé en allemand : **Direction générale (Hauptdirektion), à ne divulguer sous aucun prétexte.** J'y appris que Jüst était entré dans la firme à l'âge de vingt-cinq ans. Il avait d'abord œuvré comme ingénieur, puis, après un stage à la maison mère, il avait gravi lentement les échelons pour devenir directeur adjoint à la production, enfin directeur général, toujours au sein de la filiale française. La conduite de la restructuration n'était mentionnée qu'en quelques lignes. Il y était seulement fait mention de son âpreté dans la négociation et de deux apparitions médiatiques, jugées « précises et convaincantes ». Un fait particulier attira mon attention : alors qu'il n'était pas encore directeur général, Jüst avait animé pendant plusieurs années un quatuor à cordes avec trois autres musiciens de la firme. Ce Quatuor Farb (tel était son nom) s'était produit « avec succès » au cours des fêtes annuelles d'entreprise. Sa dernière prestation remontait à huit ans. Au cursus professionnel du directeur général étaient joints deux feuillets étranges, réunissant plusieurs billets rectangulaires, disposés l'un au-dessus de l'autre et photocopiés. Je reproduis tels quels certains de ces fragments datés, s'échelonnant sur les deux dernières années, et qui témoignent d'une évidente pratique de délation dans l'entreprise :

12.IV, 17.IV, 21.V : Retard non motivé.

3.VI : Malaise au sein du comité directorial, incapable de lire ses notes, prétexte une migraine ophtalmique.

4.VII : S'isole dans son bureau toute la matinée, ne répond pas au téléphone. Bruits d'eau (?).

2.IX : Modification de signature, simple reprise du paraphe, dont échantillon.

23.XI : Plainte adressée à la société de nettoyage pour prétendue subtilisation de documents. Une enquête interne conclut à l'absence d'évidence. Retire sa plainte.

6.II : Arrivée au parking une heure avant l'ouverture des bureaux, immobile dans sa voiture pendant tout ce temps.

14.II : Permis de chasse semble avoir été passé au broyeur de documents.

5.VI : État d'ébriété (probable, non confirmé), onze heures du matin.

9.VIII : Perdu ses gants de peau. Affolement. Comportement bizarre.

2.XI : Remplacement de ses deux téléphones personnels. Suspecte un dispositif d'écoute.

12.XII : Aurait entrepris une démarche pour modifier son nom (Jüst transformé en Schlegel, matronyme). Demande finalement considérée comme irrecevable.

Une page de carnet quadrillé était agrafée à la dernière feuille. Elle offrait un exemple de son écriture. Sans doute s'agissait-il d'un message passé à Rose en pleine réunion. Le texte, à peine lisible (« *Karl, ne mentionne pas B. dans ton argumentaire, ils sont au courant* »), était traversé au crayon de lignes obliques, les lettres *a* et *m* entourées d'un cercle, certains vides au milieu des mots se voyaient soulignés.

Ma visite au golf, le samedi qui suivit, se révéla improductive. J'appris qu'il ne fréquentait plus l'endroit depuis plusieurs mois, qu'il y avait été auparavant très régulier, effectuant solitairement, parfois sous la pluie, le même parcours de neuf trous. Je me résolus à tenter un autre angle d'approche. Grâce à une amie, employée au service du personnel, j'eus quelques informations sur le Quatuor Farb. Je découvris que Lynn Sanderson en avait fait partie, ainsi qu'un représentant de commerce, licencié depuis par la firme, et un docteur en chimie, violoncelliste, nommé Jacques Paolini. L'homme me reçut dans l'univers glacé de ses écrans, chromatographes et autres appareils de précision. C'était un personnage tout en rondeurs, à l'apparente bonhomie, à l'ironie fine, même s'il affectait un ton traînant. La musique est une fille capricieuse, me dit-il. Les quatuors à cordes sont plus hasardeux encore. Prenez quatre cartes : un roi, une reine, un valet, un six. Ou bien : un roi de pique, un dix de trèfle, un six de carreau, un trois de cœur. C'est une combinaison qui ne peut pas marcher, il vaut mieux abattre ses cartes et passer son tour. Qui était le roi ? lui demandais-je. Il sourit : vous n'aurez aucun mal à deviner les quatre cartes : un directeur ou presque, une secrétaire, un délégué commercial, un chimiste. La musique n'aime pas cette hiérarchie-là. Quatre valets eussent été

23

préférables ou même quatre dix, voilà un joli carré. Y a-t-il eu mésentente ? risquais-je. Non pas tant mésentente, me répondit-il, dysharmonie. Nous n'étions pas bien accordés. Le quatuor de Franck fut un massacre, le quatorzième de Schubert valait à peine mieux. Et comment jouait Jüst ? Il précisa : avec une tension, une exigence maniaque, ce goût de la maîtrise qui fait fuir la musique. Il y a dans tout perfectionnisme une effroyable peur du vide. Paolini me supputait par-dessus ses lunettes. Cette expérience vous a rendu amer, lui dis-je. Il éluda à sa manière : l'amertume est une façon d'être, j'ai dû apprendre cela de mon instrument. Les accordéonistes réchauffent la mélancolie populaire, les violonistes s'essaient au sublime. Il s'éclaira d'un fin sourire. Et vous, que connaissez-vous de la musique, monsieur le psychologue industriel ?

Mon premier contact avec Mathias Jüst eut lieu au téléphone le lendemain de ce jour. Il insista pour connaître la raison exacte du rendez-vous que je sollicitais. À l'évocation du Quatuor Farb, il marqua un temps de silence si long que je crus un instant la communication coupée. L'entretien fut fixé au soir même, à six heures trente précises, après le départ des secrétaires et la fermeture officielle des bureaux. Cette première rencontre ressemble dans mon souvenir à un film surexposé, un peu effrayant. Les néons du plafond diffusaient une lumière très crue, Jüst me fixait, immobile, je revois son regard dur au fond d'une tête anguleuse, des sourcils broussailleux, des cheveux châtains, coupés en brosse, une bouche très large, une encolure robuste. Il me questionna avec insistance sur les raisons de mon intérêt pour le Quatuor Farb, sans jamais paraître satisfait de mes réponses. À plusieurs reprises, il jeta quelques notes dans un carnet minuscule et me fit même épeler mon nom, qu'il devait pourtant bien connaître. Le fait que, dans le cadre de mes fonctions, je veuille explorer si l'idée d'un orchestre interne à l'entreprise pouvait être à nouveau encouragée lui paraissait bizarre. Il suspectait autre chose. Mon arrivée dans la société étant postérieure à la dissolution du quatuor, il désirait absolument savoir par qui j'en avais entendu parler. L'allusion à Paolini parut ne pas lui plaire mais il ne fit aucun commentaire. Sans transition, il m'invita à décrire la nature de mes séminaires dont il disait se méfier mais qui « étaient dans l'air du temps ». Assez brusquement, il se leva au beau milieu de mes explications et s'en fut se laver les mains dans le cabinet de toilette adjacent à son bureau. De la place où j'étais assis, je le voyais de dos se récurer les mains méthodiquement, à l'aide d'une petite brosse, et il était alors tellement absorbé par cette tâche que j'eus l'impression qu'il m'avait oublié. Lorsqu'il revint s'asseoir, il paraissait à la fois soulagé et absent. Il dit : je vais regarder si je dispose dans mes archives personnelles d'un enregistrement de ce que nous faisions. Et il me raccompagna jusqu'à la porte sans me tendre la main.

Le lendemain, de très bonne heure, c'est lui-même qui m'appela pour m'annoncer qu'il avait retrouvé le dossier Quatuor Farb, et qu'il m'invitait à son domicile pour en prendre connaissance le samedi qui suivait. Il parlait par saccades, entre les silences le débit de sa voix était précipité. Je crus qu'il annulerait plus tard ce rendez-vous. Il ne l'annula pas. À dire vrai, la perspective de cette rencontre me faisait un peu peur, parce que j'y devinais l'accélération d'une histoire que j'avais cru pouvoir maîtriser. J'attribuais aussi mon malaise à l'espèce d'aura mortuaire qui émanait de cet homme, l'extrême tension qui engonçait ses gestes, la sécheresse de ses phrases, comme s'il ne connaissait face à l'autre que le registre de l'ordre ou de la consigne. Je choisis le mot mortuaire, me souvenant qu'il me semblait habité autant par la mort que par le meurtre, dans son regard les glissements très rapides de la fureur à l'inquiétude me faisaient hésiter entre les deux faces de la pulsion.

Il habitait une des villas nouvellement construites en bordure du lac, une demeure froide et luxueuse, entourée d'un jardin français parfaitement entretenu. Un système électronique commandait la grille à distance. Deux colonnes en marbre grège rehaussaient le portail d'entrée. Il me reçut dans un petit salon-fumoir attenant au hall. Il était mal à l'aise dans un fauteuil crapaud trop petit pour lui, cet environnement bourgeois de vitrines, porcelaines et jolis cadres d'acajou. Mais ce n'était pas seulement sa haute taille, sa violence contenue qui détonnaient dans le petit salon, c'était quelque chose de négligé lié à son apparence, un contact désinhibé, parfois brutal, une espèce de désinvolture que faisait mentir l'anxiété de son regard. Je m'aperçus qu'il était ivre. Je crus même deviner qu'il avait bu pour atténuer la crainte que suscitait ma visite, pressentant que j'annonçais un événement auquel il ne pouvait plus se soustraire, et se voyant contraint de nouer alliance avec moi. Lorsque son épouse fit irruption avec le plateau de verres pour l'apéritif, je découvris d'un seul regard toute la détresse de cette femme. C'était une petite dame soignée, vieille avant l'âge, un chignon blanc surmontant un visage aux yeux tristes, de toute évidence une épouse soumise qu'on appelle, dans ce milieu, une femme d'intérieur. Elle se prénommait Lucy. Lorsqu'elle s'en fut retournée vers la cuisine, la conversation reprit, fragmentée, un peu décousue, émaillée de questions sur ma vie personnelle (mais entendait-il les réponses ?), de généralités à propos de la musique, et de souvenirs, puisque j'étais venu pour cela, quelques souvenirs un peu forcés concernant son apprentissage du violon, la mise sur pied, les rares moments d'éclat du Quatuor Farb. Il avait eu comme professeur un certain Zoltan Nemeth dont il eût été de mauvais ton que j'ignore le nom. Le quatuor répétait les mardis et les dimanches, sa secrétaire en avait fait partie, ils s'étaient essayés à Dvorak, Franck et même Schubert. À cette évocation, il annonça d'une voix sourde : *La Jeune Fille et la Mort*, j'ai retrouvé l'enregistrement. Et il se leva, vacillant un peu sur ses jambes, m'invitant à le suivre jusqu'à une pièce spacieuse, dont les hautes baies vitrées donnaient sur le lac. Nous nous assîmes face à la fenêtre, une demi-douzaine de haut-parleurs faisaient le tour de la pièce, il déclencha l'appareil à distance et les premières notes

29

de l'*andante* surgirent, lentes, trop lentes, râpeuses, un peu mécaniques, empreintes malgré tout de cette mélancolie tendue qui baigne les œuvres les plus pures de l'instituteur viennois. C'est alors que l'incident se produisit : je l'entendis d'abord proférer des sons en allemand, quelque chose de sourd et de vaguement incantatoire, puis il renversa la tête en arrière et, s'agrippant aux accoudoirs, se mit à hurler : Genug! Genug! Il éteignit enfin le magnétophone. Ayant peu à peu repris contenance, il répéta : c'est insupportable, voyez-vous, insupportable, et il ajouta cette phrase dont plus tard je pris note tant elle me parut curieuse : « La musique des anges, voyez-vous, ils se sont ligués à dix, à vingt, pour me déchirer le corps... » Après quoi il demeura un temps le regard fixe, les mains crispées aux accoudoirs, puis se leva brusquement et me laissa seul. Une porte claqua dans la maison, le vacarme d'un objet qui dévalait l'escalier, ensuite Lucy apparut dans l'embrasure. Elle était tremblante et très pâle, murmurait : ce n'est pas grave, monsieur, mon époux est un être sensible, il n'avait plus écouté de musique depuis plusieurs mois. Et elle insista pour que je ne prenne pas congé sans avoir au moins salué son mari. Il réapparut quelques instants plus tard, hébété quoique se forçant à sourire, essayant de minimiser ce qui s'était passé, l'attribuant à l'interprétation désastreuse du quatuor et à ce terrible perfectionnisme qui lui faisait perdre tout « sens du commun » lorsqu'il s'apercevait « des erreurs sans nombre qu'il avait pu commettre ». Nous revînmes au salon-fumoir, il était encore hors d'haleine, les yeux brillants, faisant effort pour se reprendre. Quand Lucy nous eut laissés seuls, il me demanda si j'avais régulièrement des contacts avec Karl Rose, s'inquiétant de savoir si le directeur adjoint s'intéressait à mon travail, s'il se sentait concerné par mon département. J'éludai comme je pus. Il eut ces mots : votre fonction m'intéresse, la « question humaine » m'intéresse, il faudra que je vous parle, mais plus tard, d'un problème précis. J'invoquai une obligation familiale pour prendre la fuite.

Lucy Jüst m'appela au bureau le lundi qui suivit. Sa voix tremblait. Sous un prétexte assez futile (l'oubli de ma blague à tabac), elle m'invitait à repasser chez elle dès que possible. Je décidai de lui rendre visite en fin d'après-midi, bien avant l'heure où Jüst avait coutume de quitter l'entreprise. Elle me fit entrer dans une salle à manger immense où le silence était tendu par le compte métallique d'une horloge murale. De l'autre côté de la table, derrière le plateau de thé auquel elle ne touchait pas, Lucy osait à peine lever les yeux, choisissant ses mots avec précaution. Je ne sais pas vraiment qui vous êtes ni quelles sont vos intentions, commença-t-elle, j'ose espérer qu'elles sont claires et que vos études de psychologie vous permettent de comprendre sans juger. Vous avez dû le constater par vous-même : mon mari ne va pas bien. Sans doute la musique était-elle pour lui une épreuve insurmontable mais vous ne pouviez pas le savoir. Mathias ne peut plus entendre de musique depuis longtemps, il dit en ressentir de la douleur, des lames tranchantes dans son corps, ce sont des choses qu'il dit. Mais ce qui m'effraie, monsieur, je voudrais trouver les mots qui conviennent, ce qui m'effraie c'est son regard parfois, il me semble qu'il ne s'appartient plus. La nuit, il s'enferme dans son bureau et je l'entends marcher de long en large en parlant à voix haute. J'ai voulu reprendre son arme personnelle car il lui arrive de prononcer des paroles terribles. Mais son arme n'est plus dans le tiroir. L'autre jour je l'ai surpris dans la chambre de notre petit Aloïs. Il était couché à côté du berceau, imaginez-vous son grand corps, je l'ai pris par la main et il s'est laissé faire. La mort de notre enfant est une tristesse qui ne disparaîtra jamais, même si ce pauvre petit n'a pas eu un seul souffle de vie. Essayez de comprendre, monsieur, l'espoir que représentait un enfant dans cette maison si belle et si grande. À deux reprises, nous avons pensé adopter, mais chaque fois Mathias a interrompu les démarches, je n'ai pas compris pourquoi. Je crois savoir qu'il en veut à M. Rose, avec lequel pourtant nous étions très liés. Mme Rose était pour moi une amie intime mais il m'interdit désormais de la voir. Je ne devrais peut-être pas

33

vous dire tout cela, monsieur, je devine combien il serait contrarié de savoir que je m'ouvre à vous, mais à qui d'autre pourrais-je parler ? Il refuse le secours de quiconque, il pense qu'il n'est pas malade, il dit que c'est une machination. Ce mot me fait peur, dans votre spécialité je crois que vous appelez cela de la paranoïa, n'est-ce pas ? À moins qu'il ne s'agisse d'une véritable machination, mais alors pourquoi ne m'en parle-t-il pas ? Nous étions un couple très uni. Même la porte de son bureau m'est désormais fermée. Elle leva enfin les yeux sur moi. Pouvez-vous m'aider à comprendre mon mari ? implora-t-elle doucement. Je ne savais que répondre. Je lui promis de garder le contact avec elle et d'attendre la rencontre qu'il m'avait proposée pour me faire une opinion. Ces quelques mots parurent la soulager. Au mur il y avait une grande photo où l'on voyait poser Mathias Jüst, raide, très solennel, à côté de la petite Lucy qui se coulait contre son épaule avec dans les yeux une lueur tendre et enjouée que je ne lui connaissais pas. Ce reflet encadré d'une autre époque semblait présager du malheur dans cette grande salle à manger néogothique avec lustres et chandeliers d'étain. Lucy me serra anxieusement la main, demeura sur le seuil de la porte jusqu'à ce que ma voiture eût tourné l'angle de la rue. Elle semblait supplier encore et voiler de sa petite taille l'ombre vacillante de l'homme dont elle avait partagé pendant des années les nuits froides et les espérances.

Le pli que Karl Rose me fit parvenir, toujours à mon adresse privée, ajouta un élément nouveau dont je ne pus saisir à ce moment-là la portée véritable. C'était une assez longue lettre manuscrite adressée par Mathias Jüst au directeur de la maison mère. Y était annexée la version dactylographiée. Il s'agissait d'un rapport technique apparemment banal évoquant des chiffres de production, des données de personnel, des perspectives et des projections pour l'année à venir, selon deux hypothèses, K et B, qui n'étaient pas précisées. Ce sur quoi Karl Rose désirait attirer mon attention n'était pas tant le contenu de la lettre que les différences entre la version écrite originale et son double dactylographié. Le texte manuscrit était en effet émaillé de mots manquants qui figuraient eux dans la lettre définitive. J'en conclus que la secrétaire de Jüst, probablement Lynn Sanderson, corrigeait les lettres de son directeur, mais, encore une fois, je comprenais mal qu'elle pût couvrir ses errements et tout à la fois faire œuvre de délatrice. Cette question occulta chez moi l'élément central de ce double document. Je n'eus pas conscience que ce n'était pas le simple hasard qui commandait l'omission des mots, mais que les substantifs manquants appartenaient à un réseau de significations particulier, qu'ils étaient comme les pièces d'un rébus dont ni Rose ni moi n'avions la clef. C'est plus tard que, relisant la lettre, je m'apercevrais de l'omission de certains mots comme **Abänderung** (modification), **Anweisung** (instruction) ou même, à deux reprises, **Betrieb** (fonctionnement). Ainsi y avait-il dans la tête de Jüst un censeur de mots, un programme parasite qui barrait certains vocables, produisait un blanc, une absence. Si j'avais eu alors la présence d'esprit d'aligner ces mots manquants, comme s'ils appartenaient à une langue proscrite, mais secrètement à l'œuvre, j'aurais peut-être pu percer une partie de l'énigme. Une lecture attentive m'eût même fait découvrir certains glissements de plume ou la présence d'un mot intrus illisible, **Reinigung** (nettoyage) ou **Reizung** (excitation)... C'est le mal écrit, le mal dit, la malédiction de toute cette histoire, qui se voyait ramassé dans l'original de cette lettre technique, à l'écriture hâtive, affolée, comme si la trame bien lisse de ce qu'il avait appelé le sens commun s'y trouvait déformée, débordée de toutes parts face au flot montant du tumulte, l'insensé, l'innommable.

« La question humaine, la question humaine », martelait-il. Je le revois au soir de notre troisième rencontre et je me souviens de ma peur, physique. Il m'avait appelé en fin d'après-midi pour me convoquer dans son bureau à vingt heures précises. Je ne comprenais pas à quoi il voulait en venir avec cette « question humaine ».

Elle se référait certes à l'idée qu'il se faisait de ma fonction, mais pourquoi tant d'insistance. Il semblait cette fois en possession de ses moyens quoique son regard fût tendu, fixe, son ton de voix un peu déclamatoire, comme s'il récitait un texte qu'il s'était répété mentalement. De nouveau je ressentais une extrême violence derrière la solennité du discours qu'il me tenait. Je craignais à tout moment que cette contenance vole en éclats, qu'il explose en cris et en invectives. Pendant qu'il me parlait, il lissait du doigt une règle métallique posée sur son écritoire. Je ne peux pas ignorer, assenait-il, l'importance de la dimension humaine, elle demeure pour moi une constante préoccupation, c'est en vertu de celle-ci que j'ai insisté pour que vous participiez personnellement à toutes les réunions relatives aux choix fondamentaux de la société. Et si, pendant cette longue épreuve qu'a été pour nous la restructuration, je vous ai demandé d'affiner et d'affiner encore les critères d'évaluation du personnel, c'est parce que j'ai toujours eu le souci de conjuguer le facteur humain avec les nécessités économiques. Même au plus fort de la crise, sachez que je n'ai jamais ignoré combien cette question était centrale. Toute entreprise, de l'ouvrier au directeur, s'y voit un jour confrontée. De l'ouvrier au directeur, ponctua-t-il. Puis il marqua un long silence, je vis sa bouche se tordre, et tandis qu'une ombre de frayeur passait dans son regard, je l'entendis déclarer à voix sombre en pesant sur chaque syllabe : je sais très bien, monsieur, je sais très bien que c'est Karl Rose qui vous a mandaté pour me surveiller. Karl Rose vous a chargé de cette tâche parce que peu à peu, en distillant des fuites mensongères, en retournant mes propres collaborateurs, il a entrepris de me déstabiliser. S'il veut m'éliminer, c'est parce qu'il sait que je dispose à son sujet d'informations intimes et compromettantes, d'une extrême gravité. Ces informations sont celles-ci, monsieur, à ce stade je n'ai plus rien à dissimuler : Karl Rose s'appelle ou plutôt s'appelait Karl Kraus. En 1936, Heinrich Himmler fonde le mouvement **Lebensborn**, littéralement : source de vie, afin de recueillir, dans des maternités et des foyers, des enfants de race aryenne, souvent sans parents. À la débâcle, beaucoup de ces enfants sont morts, certains furent adoptés par des familles allemandes, ce fut le cas de Karl Rose. Cet homme est donc un enfant Lebensborn, il n'en est sans doute pas responsable mais ce fait explique qu'il ait grandi dans une famille nostalgique de l'Ordre noir et qu'il ait maintenu des fidélités douteuses avec des personnages professant cette idéologie. Je dispose de preuves concrètes attestant de dons consentis par lui à une société fictive chargée de reverser ces sommes à un groupuscule d'extrême droite comprenant en son sein une milice paramilitaire. Tous ces documents sont en ma possession, monsieur, car j'ai moi aussi mes indicateurs. Et il ne m'a pas été difficile de remonter les filières. Il eut un sourire crispé, presque grimaçant. Vous comprenez maintenant, appuya-t-il, vous comprenez ? Et dans l'interminable silence qui suivit, ce long, hypnotique échange de regards, je l'entendis proférer à voix sourde des marmonnements d'où je crus saisir le mot Todesengel qui veut dire ange de la mort. Il y mit fin par un geste agacé, fit pivoter son fauteuil en direction de la fenêtre et me congédia sur ces paroles : à présent faites ce que vous voulez, monsieur, je vous ai dit ce que j'avais à vous dire.

Nous approchions de Noël. Je pris prétexte d'une grippe pour ne pas me montrer au bureau pendant deux semaines. Durant toute cette période, je n'eus aucun signe de Karl Rose. Il m'avait demandé le rapport sur Jüst pour la fin de l'année. Je ne pus écrire un seul mot. Évoquer même à son propos un simple accès de surmenage eût constitué une arme redoutable et je n'avais pas envie de servir un maître dont les intentions me semblaient de moins en moins claires. Même si je ne pouvais ignorer que Mathias Jüst devenait fou, que ses défenses cédaient l'une après l'autre, que ses allégations à propos de Karl Rose tenaient probablement du délire, elles avaient introduit en moi un doute, l'impression de participer à un jeu morbide dont les règles ne m'étaient pas connues. Et je ne pouvais me défaire de l'idée qu'il y avait un point de vérité où s'était appuyée la conviction délirante de Jüst. Par contamination, je ne parvins pas à finaliser un dossier de sélection pourtant assez routinier. C'était la première fois que je ressentais une inhibition et même un dégoût pour mon travail, quelque chose comme la manifestation d'un profond scepticisme que je n'avais jamais voulu m'avouer. Cette période de Noël se révéla être plus maussade que jamais. Les rues dégoulinaient de guirlandes lumineuses, les haut-parleurs diffusaient en boucle de sirupeuses musiques d'orchestre, les gens s'engouffraient dans les magasins à la recherche d'objets futiles dans une ambiance de fête convenue, interminablement consommée. Je fus victime durant cette période de coups de téléphone blancs où j'identifiais une respiration avant le déclic mat de la fin de communication. Quelqu'un cherchait à m'atteindre et ne pouvait parler. Je ne sais pourquoi je fus convaincu que cette personne était une femme. J'en eus peut-être la confirmation lorsque j'entendis à l'autre bout du fil la voix grêle de Lynn Sanderson. Elle désirait me rencontrer mais annula quelques heures plus tard le rendez-vous fixé. Je pris le parti de ne pas m'interroger sur ce revirement, ni d'ailleurs sur un jeu incertain de présages que je n'avais pu manquer de lire, préférant demeurer dans une vague expectative et laisser les choses s'accomplir, si elles devaient s'accomplir, le plus loin de moi possible.

L'accident de Mathias Jüst se produisit le 21 décembre, soit le lendemain de notre troisième entrevue. Je l'appris par une lettre que m'adressa Lucy Jüst, quinze jours après l'événement. Elle écrivait : « *Je prends le risque de m'adresser à vous, sachant que vous êtes le seul être auquel je me suis ouverte des difficultés de mon mari. Dans notre malheur, ce terrible accident a le mérite de forcer Mathias à se laisser soigner. Il est désormais pris en charge par l'hôpital de R. Après deux semaines très pénibles, je crois qu'il est enfin sur la voie d'une amélioration. Hier j'ai cru comprendre qu'il souhaitait une visite de votre part. Je me fais ici sa messagère même si les signes qu'il m'a donnés sont ténus et peut-être contradictoires. Les visites ont lieu en soirée. Je quitte la maison tous les jours vers quinze heures pour rejoindre la clinique. Ayez l'amabilité de ne parler à personne de l'existence même de cette lettre. Que Dieu vous aide à le comprendre. Lucy Jüst. »*

À l'hôpital de R., Mathias Jüst était hospitalisé à l'étage de psychopathologie. Lucy m'attendait devant la porte de sa chambre. Elle me dit d'emblée : il n'a jamais été aussi mal, j'ai eu tort de vous faire venir. Une veilleuse murale diffusait dans la chambre une lumière jaunâtre. Jüst y était couché de tout son long, les yeux clos, les bras le long du corps. Lucy se pencha à son oreille pour dire que j'étais là. Il ne réagit pas. Sa respiration courte trahissait qu'il ne dormait pas, qu'il était même attentif au moindre bruit, protégé derrière cette gangue d'immobilité que l'on nomme catatonie. Je bredouillai quelques mots, il entrouvrit les lèvres et proféra dans le silence : « Schmutz,

Schmutz », qui veut dire saleté, souillure, crasse. Je posai ma main sur le rebord du lit et je sentis qu'il déplaçait la sienne vers mon bras, le serrant soudain avec une telle force que toute ma pensée se trouva prisonnière de cet étau puissant, pesant, presque douloureux. Ce fut l'instant d'une intimité forcée avec cet homme dont je connaissais pourtant la phobie du contact physique. J'étais incapable de bouger, je détaillais son profil osseux, le lent goutte-à-goutte de la perfusion et un petit carnet de notes posé sur sa table de nuit où l'on avait jeté quelques mots d'une main malhabile. Après un long temps il desserra l'étau et j'eus l'impression qu'il s'était endormi. Lucy m'accompagna jusqu'au hall d'entrée de l'hôpital. Elle me donna alors la véritable version de l'accident. C'était un mardi, il avait attendu qu'elle se rende à sa chorale pour rentrer sa voiture dans le garage. Là, méthodiquement, il avait colmaté avec un large ruban adhésif toutes les entrées d'air, puis il avait absorbé des somnifères, mis le moteur en marche et s'était endormi fenêtres ouvertes sur le fauteuil du passager. Il ne devait la

45

vie sauve qu'à un pressentiment qui avait saisi Lucy au milieu de la répétition. Elle me détailla avec une précision fascinée tous les efforts qu'elle avait dû déployer pour se frayer un chemin dans un brouillard asphyxiant jusqu'à la voiture, éteindre le moteur, traîner le corps de son mari vers l'escalier de la buanderie, parvenir à débloquer le mécanisme d'ouverture de la porte du garage. Depuis son réveil, me dit-elle, il émettait des paroles terribles. Elle spécifia : des paroles de négation, des visions noires, désespérées, l'idée que tous les enfants du monde mourraient l'un après l'autre, qu'il y avait une espèce de damnation qui pesait à jamais sur le genre humain. Lucy prononçait ces mots avec difficulté, comme s'ils étaient interdits, blasphématoires. Je voulus savoir si son mari avait eu des manifestations de ce type après la mort du petit Aloïs. Elle marqua un long silence puis me répondit tout à fait autre chose. Je compris plus tard la pertinence de cette réponse, apparemment déplacée. Elle évoqua son père, Theodor Jüst, un commerçant marqué par la guerre, un être brutal et inflexible qui ne connaissait qu'un seul mot, Arbeit, infligeait à son fils unique, s'il ne réussissait pas parfaitement ce qu'il entreprenait, des punitions sans mesure, comme de le battre à sang avec un fléau de cuir ou de l'enfermer un jour entier dans une cave sans lumière. Alors que j'allais prendre congé, Lucy me demanda de rester avec elle un peu de temps encore. Nous parcourûmes en silence le déambulatoire qui faisait le tour d'un patio. Ne nous laissez pas seuls, supplia-t-elle avant de me quitter, je sais combien il a besoin de vous. Il tombait des cordes ce soir-là. En rentrant en voiture sous la pluie battante, j'eus la sensation très nette que j'avais pénétré dans la nuit d'un homme, pire : que sa nuit touchait à la mienne et que sa main refermée sur moi scellait une complicité, le partage d'une faute, la volupté de ce partage, quelque chose de sombre et d'indistinct que je rattachais bizarrement à ce qu'il avait appelé la question humaine. Cet enchaînement revint dans la nuit, l'insomnie fut sans fin, l'attente énervée, marquée par les chiffres rouges de l'horloge numérique, avec le défilé, l'épuisement progressif des mêmes images, jusqu'à ce que la pâleur de l'aube laisse mon corps sans force, tout engourdi de sommeil.

Karl Rose eut ce mot particulièrement hypocrite pour m'inviter à reprendre contact avec lui : « *J'ai été très ébranlé par l'accident de M. Jüst. Les rares nouvelles que me donne son épouse sont par bonheur réconfortantes. Je serais heureux de rediscuter avec vous de ce dont nous avions parlé, même si cet événement brutal semble avoir quelque peu modifié la donne.* » L'entretien eut lieu deux jours plus tard. Je m'aperçus très vite que Rose n'était pas au courant de la nature véritable de l'accident et qu'il désirait à tout prix en apprendre davantage. Je fis l'ignorant, il dut s'en rendre compte. Il prit un autre angle d'attaque : l'impression clinique que m'avait laissée Mathias Jüst. J'éludai, je mentis quant à nos rencontres, il me poussa dans mes retranchements, chercha à savoir ce que j'entendais par cette fatigue prononcée, cette crise personnelle « comme nous en traversons tous ». Il me regarda me reprendre, me dédire, nuancer, reculer sur mes positions antérieures, inventer que je ne savais rien ou presque, avouer finalement que le mandat qu'il m'avait confié me plongeait dans un malaise profond. Cet aveu suscita de nouvelles questions. Rose était fou de curiosité, tous sens en éveil, guettant la faille et prêt à bondir. Un instant je crus voir le mot **Lebensborn** s'inscrire en lettres immenses et il me sembla que je le regardais comme Jüst lui-même l'avait regardé, Karl Kraus, enfant de l'Ordre noir, enfant de personne, enfant d'une autre variété d'enfants, tous parfaits et semblables, enfant sans enfance, ni cœur, ni âme, ni descendance, enfant de la nouvelle et pure génération technique, Source de vie. Il finit par battre en retraite. Votre malaise m'est incompréhensible, dit-il, en tout cas vous ne me l'expliquez pas. Vous m'affirmez qu'une crise personnelle est un passage obligé dans la vie d'un homme, c'est soit une généralité qui veut dresser un écran de fumée, soit une considération qui se situe délibérément hors de notre propos. Et il termina par ces mots méprisants : je crois que j'ai fait l'erreur de m'adresser à vous, monsieur, comme de surestimer l'état d'avancement des connaissances au sein de votre profession. L'entretien fut conclu par un silence et une poignée de main glacée. Je rejoignis mon bureau sans parvenir à me concentrer sur mon travail. Je prétextai une migraine pour rentrer chez moi.

Nous étions le 10 janvier, Lynn Sanderson m'appela dans la soirée. Elle désirait me voir de toute urgence, hésitant sur le lieu de rendez-vous, préférant qu'il ne soit pas public. Nous nous rencontrâmes dans son appartement, un vaste et lumineux penthouse dont la décoration était raffinée : des murs aux couleurs pastel, quelques scènes de chasse à courre, des paysages italiens, des rideaux à fleurs entrelacées. Elle m'y apparut telle qu'elle était vraiment, une femme traquée, hantée par le remords, un être dont le vernis d'élégance craquait de toutes parts. Depuis plus d'un an, me confia-t-elle, elle était soumise à des pressions et des chantages qui l'avaient conduite à trahir son directeur, tantôt par peur des représailles émanant des Allemands (ainsi désignait-elle les soutiens de Karl Rose), tantôt en raison de l'état alarmant dans lequel se trouvait Mathias Jüst. Presque sans transition, elle m'avoua avoir été l'amie de son patron, surtout à l'époque du quatuor. Le lien s'était ensuite distendu, en raison du comportement violent, imprévisible, de Mathias Jüst. Qu'elle avait aimé cet homme, qu'elle l'aimait encore, était une évidence que trahissait le timbre voilé de sa voix et la manière précautionneuse avec laquelle elle parlait de lui. Mais l'heure était à tout m'avouer, tout me dire, elle se reservait à boire et l'alcool la délivrait d'un secret trop longtemps retenu. J'eus même droit à des détails intimes, presque impudiques, concernant leur liaison. Il la reconduisait chez elle après les répétitions du quatuor, il lui laissait des lettres « poétiques », il était un amoureux inquiet, possessif, obsédé par le fait qu'on eût pu les surprendre. Le mal-être remontait selon elle à deux ans mais il devait couver depuis bien plus longtemps. Cet homme si dur, exigeant, inflexible, se révélait être dans

51

l'intimité profondément vulnérable, un enfant sous une carapace sociale apparemment sans faille. Plusieurs fois elle l'avait vu pleurer à gros sanglots, sans qu'il arrive à lui expliquer ce qui motivait ces accès de désespoir. C'est cet enfant inconsolable auquel elle s'était attachée malgré ses réactions de rejet brutal, ses longues périodes de silence, l'inconfort d'une relation amoureuse qui se tissait de rares instants d'échange sur fond de douleur et d'incompréhension. À la fin de la soirée, elle me raconta un des souvenirs d'enfance de Mathias Jüst. Je le reproduis en détail parce qu'il me parut être, comme à elle à l'instant où elle m'en fit récit, au cœur de la souffrance de cet homme. Ainsi est-on enclin à croire à cette espèce de causalité qui fait d'un événement unique le lieu d'où tout semble tirer son origine. Le père de Mathias, Theodor, avait fait partie pendant la guerre d'un bataillon de police, collaborant avec la SS pour des tâches dites d'occupation, en Pologne ou en Biélorussie. Ces tâches n'étaient pas purement administratives puisqu'il s'agissait de mettre à exécution, dans une région fortement peuplée de juifs, tout un programme de *réinstallation*. Mathias ne sut jamais en quoi consista l'activité de son père mais il fut le témoin d'un événement précis. Un dimanche, au début des années cinquante, quelqu'un reconnaît son père dans une salle de musée. C'est un homme affecté de boiterie, les yeux traversés par une lueur. Il vient vers Theodor Jüst et lui parle. Le père de Mathias fait mine de ne pas entendre ce dont l'enfant se souviendra avec clarté : « Je vous ai vu à Miedzyrzec en octobre 42, lui dit l'homme, il y avait des femmes et des enfants couchés près du mur du cimetière. » Sans attendre la suite, Theodor Jüst tire son fils par le bras et quitte précipitamment les lieux. À la maison, il tourne comme un fou, s'enferme dans sa chambre. Le lendemain, l'homme est à la sortie de l'école, il s'approche de Mathias et lui tend un billet à l'adresse de son père. Sur le billet, il n'y a qu'un nom de lieu et des chiffres : « *Miedzyrzec 88-13* ». Le père pâlit à la lecture du billet, il saisit son fils par le col, manque de l'étrangler. Plus tard, derrière la porte de la cave où il l'a enfermé, il vocifère des menaces de mort. Un jour, surgissant dans la salle de bains, il lui enfonce la tête sous l'eau, tu n'aurais pas dû vivre, hurle-t-il, d'autres auraient dû vivre, pas toi. L'image du père, longtemps, danse devant le mur du cimetière de Miedzyrzec, et l'enfant se demande ce que faisaient les corps face contre terre et ce que signifient les chiffres. Il cherche le lieu sur une carte, il s'invente une histoire, il imagine que quatre-vingt-huit était le nombre de femmes, treize, le nombre d'enfants. Ou bien treize le nombre d'enfants morts sur un total de quatre-vingt-huit. Il pense qu'en effet il n'aurait jamais dû vivre alors que ces enfants sont couchés là dans l'ombre de son père qui marchait au-dessus d'eux comme il arpente à larges foulées la campagne, ou fait les cent pas dans sa chambre tel un lion en cage. C'est le secret de Mathias, convint tristement Lynn Sanderson. Et elle se leva pour prendre dans la commode un objet enveloppé dans un mouchoir de soie qu'elle déposa précautionneusement sur la table basse. Cette mise en place presque cérémonielle de l'objet, à l'évidence un revolver, fit brusquement un silence entre nous. Mais au lieu de penser à ce que Lynn mettait en scène, à savoir qu'il lui avait donné le pouvoir de l'empêcher de mourir, je réentendais la voix de Lucy Jüst exprimant sa peur de n'avoir pas retrouvé l'arme de poing au fond du tiroir. Je comprenais qu'en la confiant à Lynn plutôt qu'à Lucy, c'est entre les mains de son amante plutôt que de son épouse qu'il remettait sa vie. Brusquement je découvrais la ressemblance entre les deux femmes, la même pitié inquiète qui se lisait dans leurs yeux, le même attachement de petites mères. Et sans doute se ressemblaient-elles physiquement, dans leur fragilité, leur gracilité, la finesse de leurs traits, deux êtres féminins et sensibles vers lesquels l'avait conduit son amour. Je ne pris pas le revolver (un Luger dont la crosse était marquée en lettres gothiques du slogan **Blut und Ehre**), je refusai d'y toucher, même si Lynn exprima par deux fois le désir que je la décharge du lien morbide qu'il symbolisait. Avant de la quitter, je lui dis de jeter l'arme, n'importe où, dans un caniveau, une poubelle. Comme il était dans mon désir profond de me défaire de toute cette histoire, de la considérer comme dégagée de moi, terminée, pardonnée (mais pourquoi ce mot de pardon ?), absoute et close, définitivement.

Je repris mon travail à la SC Farb. Mathias Jüst fut transféré vers un hôpital pavillonnaire à trente kilomètres de la ville. Je repris mon travail, sélection, séminaires. Lucy Jüst m'adressa deux lettres auxquelles je ne répondis pas. Sélection le matin, entretiens, examens psychométriques, ateliers certains après-midi, huit à quinze jeunes cadres, surtout des commerciaux. « *Mathias sort peu à peu de son mutisme,* m'écrivait Lucy Jüst, *il m'a parlé de vous.* » Parfois je proposais une consigne et je quittais la salle de conférences, j'allais fumer face à la fenêtre, le ciel d'hiver était bas et gris, chargé de pluie, je me voyais comme un vieil enseignant remuant sans trop y croire ces concepts de motivation, d'assertivité, de compétences sélectives, et proposant des jeux de rôle qui appelaient toujours les mêmes commentaires, éveillant quelques lueurs crédules dans les yeux des participants. « *Mathias s'ouvre de plus en plus,* précisait Lucy Jüst, *hier nous nous sommes longuement promenés dans le parc.* » J'évitais Karl Rose et Karl Rose m'évitait. Si d'aventure il se hasardait dans mon bloc, nous nous saluions brièvement sans que nos regards se croisent. La porte de Mathias Jüst demeurait obstinément fermée. J'appris que Lynn Sanderson était en congé de maladie depuis trois semaines. « *N'abandonnez pas mon mari,* implorait Lucy, *je sais que vous comptez beaucoup pour lui.* »

Il m'appela à la mi-février. Je ne reconnus pas tout de suite sa voix au téléphone. Elle était ralentie, monocorde, un peu métallique, même s'il me disait qu'il allait mieux, qu'il avait pris conscience de certaines choses dont il désirait me parler, si possible en l'absence de Lucy. Je ne pus me soustraire à cet appel. Ma visite à l'hôpital eut lieu le samedi qui suivit. Il faisait un temps d'hiver superbe, un ciel très bleu, un froid vif. Les pavillons étaient dispersés dans un vaste parc aménagé tout autour d'un manoir du siècle passé. On me conduisit au troisième étage de la vieille bâtisse qu'on appelait le Château. La porte était entrebâillée. Son visage barré par des lunettes fumées, il était assis dans un fauteuil face à un téléviseur allumé mais privé de son. Il se redressa à peine pour me saluer, demanda à l'infirmière de fermer la porte et de nous laisser seuls. Tout en parlant il ménageait de longs silences qui semblaient ne rien signifier d'autre que le temps nécessaire à ce que sa pensée se précise. Je suis heureux que vous soyez là, me dit-il, je ne pouvais pas confier cette tâche à Lucy, à part vous je ne vois personne qui pourrait s'en acquitter. La tâche dont il me chargeait était de vider le coffre de son bureau personnel. À cet effet il avait préparé sur la table de nuit une petite clef et un billet avec un code de quatre chiffres. Comme je lui demandais si je devais lui apporter les valeurs contenues dans le coffre, il répondit sur un ton presque irrité : ce ne sont pas des valeurs, c'est sans valeur, Unsinn, faites-en ce que vous voulez. Je n'eus pas d'autre précision sinon qu'il entendait ainsi faire table rase d'un passé « dégoûtant et détestable », ce sont les mots qu'il utilisa. Il ôta un instant ses lunettes et je vis ses cernes sombres, son regard légèrement exorbité par la médication neuroleptique. Avec son vieux costume de laine grise, son col boutonné sans cravate, et cette espèce de tension stuporeuse qui se lisait sur son visage, j'avais devant moi l'ombre de mon ancien directeur, un survivant, un revenant, un malade. Il semblait pressé de me voir partir, insista encore pour que je ne perde ni la clef ni le code, prononça quelque chose comme : « Vous verrez, monsieur, vous verrez jusqu'où peut aller la méchanceté des hommes. »

Je n'eus rien à expliquer à Lucy. Elle savait. Elle acceptait qu'il la tînt à l'écart de certaines choses, comme elle avait sans doute dû consentir à sa liaison avec Lynn Sanderson. À peine posa-t-elle quelques questions (Comment l'avais-je trouvé ? Avait-il été heureux de me voir ?) puis elle m'ouvrit la porte de son cabinet privé et m'y laissa seul. Il n'y avait presque rien dans cette grande pièce à moquette claire, sinon deux fauteuils de cuir, un vaste bureau de chêne sculpté, un lutrin du même bois et une antique boîte à musique du XVIIIe siècle où cinq figurines de musiciens et danseurs étaient disposées autour d'un clavecin miniature, chacun de ces petits automates, effaré et blafard, prêt à se mettre en mouvement dès enclenchement du mécanisme. Malgré les hautes fenêtres ouvrant sur le lac, en raison peut-être de l'odeur (légèrement, exquisément fétide), j'éprouvais le sentiment de pénétrer dans un huis clos sinistre, voire de profaner la chambre d'un mort. Le coffre était scellé dans le mur, son blindage habillé lui aussi de chêne mouluré. Il ne recelait qu'une enveloppe de carton fort contenant cinq lettres. Je les fourrai dans ma poche, je rendis les clefs à Lucy et sortis à la hâte.

C'est ici que le récit va prendre une tout autre tournure. Il y a en moi de la terreur, ce mot latin de *pavor*, lorsqu'il me faut décrire les cinq lettres qu'il avait gardées dans son coffre sans oser les détruire. Je croyais être au bout du secret de Mathias Jüst, je n'en avais vu que la partie visible, laquelle semblait être réduite à lui seul, expliquée par ses souvenirs douloureux, désignée par un diagnostic, tels ceux que j'avais appris dans les livres, à l'université, ainsi isolée et circonscrite, afin qu'il ne soit que le jouet de sa propre histoire et que celle-ci me laisse moi-même intouché, indemne, protégé par la distance que s'arroge l'observateur. À part vous, avait-il dit, je ne vois personne qui pourrait s'acquitter de cette tâche. J'aurais refusé, je le sais, si je n'avais pas été mû par une espèce de curiosité sauvage, l'envie de vérifier si le coffre contenait en effet ces documents compromettant Karl Rose, l'ivresse de posséder ceux-ci et de gagner grâce à eux un statut d'intouchable, parce qu'une part de moi désirait croire encore à la piste Lebensborn, trop étrange, trop singulière, me disais-je, pour être simplement issue d'un délire.

Les cinq lettres étaient anonymes, postées de la ville de N., envoyées tous les deux mois, d'ordinaire le 15 ou le 16 du mois. La première datait de plus d'un an. Elle renfermait le fac-similé d'une note secrète de plusieurs pages datée du 5 juin 1942, estampillée **Affaires secrètes de l'État (Geheime Reichssache !)**, et qui concernait des modifications techniques à apporter aux camions spéciaux en service à Kulmhof et Chelmno. Ce document est connu des historiens de l'Holocauste. « *Depuis décembre 1941,* était-il écrit, *quatre-vingt-dix-sept mille ont été traités (verarbeitet) de façon exemplaire avec trois voitures dont le fonctionnement n'a révélé aucun défaut. L'explosion qui a eu lieu à Kulmhof doit être considérée comme un cas isolé. C'est dû à une erreur de manipulation. Des instructions spéciales ont été adressées aux services intéressés pour éviter de tels accidents. Ces instructions (Anweisungen) ont considérablement augmenté le degré de sécurité.* » Suivaient sept paragraphes détaillant les modifications techniques à apporter aux véhicules. Je les traduis tels quels :

1) Afin de rendre possible un remplissage rapide en CO tout en évitant la surpression, on percera deux fentes de dix centimètres en haut de la cloison arrière. Ces fentes seront munies de clapets mobiles à charnière en fer-blanc.

*2) La capacité normale des voitures est de neuf à dix au mètre carré. Mais les grands camions S. ne peuvent être utilisés à une telle capacité. Ce n'est pas une question de surcharge mais de mobilité tout terrain. Il apparaît donc nécessaire de réduire la surface de chargement. On peut y parvenir en raccourcissant d'un mètre la superstructure. Réduire le nombre de pièces (**Stückzahl**) comme on le faisait jusqu'ici ne serait pas une solution, car l'opération exigerait alors plus de temps puisqu'il faut bien que les espaces dégagés soient eux aussi remplis de CO. Par contre, si la surface de charge est réduite mais complètement occupée, le temps de fonctionnement est sensiblement raccourci. Notons qu'au cours d'une discussion avec la firme celle-ci a fait remarquer qu'un raccourcissement de la superstructure* entraînerait un déplacement du poids vers l'avant, avec le risque de surcharger l'axe avant. En réalité, il se produit une compensation spontanée du fait que, lors du fonctionnement, le chargement (**Ladung**) a tendance à se rapprocher de la porte arrière, c'est pourquoi l'axe avant ne souffre d'aucune surcharge.

3) Le tuyau qui relie l'échappement à la voiture est sujet à la rouille du fait qu'il est rongé de l'intérieur par les liquides qui s'y déversent. Pour éviter cet inconvénient, il convient de disposer les embouts de remplissage de manière que l'admission se fasse de haut en bas.

4) Afin de permettre un nettoyage commode du véhicule, on pratiquera au milieu du plancher une ouverture, fermée par un couvercle étanche de **vingt** à trente centimètres, et permettant l'écoulement des liquides fluides pendant le fonctionnement. Pour éviter toute obstruction, le coude sera muni d'un crible à sa partie supérieure. Les saletés plus épaisses (**Schmutz**) seront évacuées par la grande ouverture lors du nettoyage. À

cet effet, on inclinera légèrement le plancher du véhicule.

5) On peut supprimer les fenêtres d'observation car on ne s'en sert pratiquement pas. On ferait ainsi l'économie d'un travail assez important dans l'aménagement des nouvelles voitures.

6) Il convient d'assurer une plus forte protection de l'installation d'éclairage. Le grillage doit recouvrir les lampes assez haut pour qu'il soit impossible de briser les ampoules. La pratique suggère de supprimer les lampes, qui, a-t-on fait remarquer, ne sont guère utilisées. L'expérience montre toutefois que lorsque l'on ferme les portes du fond et que l'on provoque ainsi l'obscurité, il se produit toujours une forte poussée du chargement vers la porte. La cause en est que la marchandise chargée (**Ladegut**) se précipite vers la lumière lorsque l'obscurité survient. Cela complique la fermeture de la porte. On a constaté aussi que le bruit (**Lärm**) qui se produit à la fermeture de la porte est lié à l'inquiétude que suscite l'obscurité. Il paraît donc opportun de maintenir l'éclairage

avant et pendant les premières minutes de l'opération. Cet éclairage est également utile pour le travail de nuit et le nettoyage du véhicule.

7) Pour faciliter un déchargement rapide des véhicules, on disposera sur le plancher d'un caillebotis mobile. Il glissera au moyen de roulettes sur un rail en U. Le retrait et la remise en place s'effectueront au moyen d'un petit treuil disposé sous la voiture. La firme chargée des aménagements s'est déclarée incapable d'y procéder pour le moment en raison d'un manque de personnel et de matériaux. On s'efforcera donc de les faire exécuter par une autre firme.

Le dernier paragraphe suggérait de n'effectuer les modifications techniques qu'au fur et à mesure des réparations. Hormis dix véhicules de la marque S. chez qui commande avait été passée. Comme la firme chargée des aménagements avait indiqué au cours d'une conférence de travail que les modifications de structure ne lui paraissaient pas possibles, le texte proposait de faire appel à la firme H. pour munir au moins un des dix véhicules des innovations suggérées par la pratique.

Enfin, la note avait été soumise à l'examen et à la décision de l'Obersturmbann-führer SS Walter Rauff. Elle était signée à la main :

I.A. (Im Auftrag : sur ordre)
Jüst.

La deuxième lettre anonyme renfermait le même document mais le texte, serré, très noir, affleurait en surimpression d'un autre texte plus effacé, occupant toute la largeur de la page et dont les caractères étaient inversés, comme par un procédé de miroir. Ce second texte en filigrane se révélait être un amalgame assez confus de notes techniques tout à fait actuelles, les mêmes qui devaient s'échanger entre services de la SC Farb, et où se mêlaient tantôt des observations concernant un nouveau produit, tantôt des extraits de notifications émanant indifféremment des services de production ou du personnel, voire de la direction générale. Ces fragments, trop courts pour être identifiés, étaient mis bout à bout selon un ordre totalement aléatoire. Je ne voyais pas le moindre sens à cet infratexte sinon qu'il ait pu être posé là comme un arrière-fond graphique sur lequel devaient se détacher les caractères gras de la note technique du 5 juin 1942. En dessous de la signature du nommé Jüst, l'expéditeur avait reproduit cet aphorisme :

> *« L'original dont les imitateurs*
> *sont meilleurs n'en est pas un. »*
> **Karl Kraus**

Dans la troisième lettre anonyme, les deux textes se voyaient dotés de la même valeur typographique, il y avait contamination du document initial par les mots qui figuraient inversés et en arrière-fond dans la lettre précédente. C'était tantôt le remplacement d'un mot par un autre, tantôt l'irruption soudaine d'un pan textuel issu du vocabulaire technologique actuel, l'ensemble formant un tissu lexical compact, des paragraphes et des phrases dont la constitution chimérique produisait des associations étranges, plutôt incongrues. Au-delà du sentiment d'incompréhension, c'est l'aspect savamment désorganisé de ce montage qui suscitait l'effroi. On eût dit qu'un virus ou une malfaçon génétique avait accolé aléatoirement ces deux textes avec la seule consigne de produire un écrit final insensé mais grammaticalement correct. On eût dit que l'expéditeur anonyme avait laissé le hasard maître du jeu et c'est cette absence apparente d'intention qui provoquait une impression de malaise tenace. En recopiant plus tard, méthodiquement, pour moi-même, les passages intrus, je ne pus faire qu'une seule constatation : ils appartenaient au langage technologique non tant de l'ingénierie concrète (ce à quoi invitait pourtant le texte initial) que d'une certaine sociologie du commandement, une langue employée plutôt dans les services du personnel et les directions que dans les ateliers et les chaînes de production. Seule intention avouée de l'expéditeur : la signature manuscrite, *Jüst*, était agrandie.

Le quatrième envoi me parut le plus cynique. Il s'agissait cette fois de fragments du texte initial, librement décomposé, fracturé, déconstruit, se superposant à une partition musicale qui apparaissait en filigrane selon le même dispositif graphique que dans la deuxième lettre. Faire danser sur des portées, agencer presque ludiquement les éléments d'un tel texte, me sembla relever de la dernière des ignominies. L'émotion que je ressentis m'empêcha alors de voir ce qui pourtant crevait les yeux. J'avais en main, sans m'en apercevoir, le premier envoi qui trahissait l'expéditeur.

La cinquième lettre renfermait les mêmes pages du document mais celles-ci étaient presque vierges, hormis l'en-tête, Berlin, 5 juin 1942, et la signature, toujours agrandie, *I.A. Jüst*. Entre celles-ci : un texte effacé, n'étaient quelques mots qui affleuraient çà et là dans leur typographie d'origine : *instructions, sécurité, fonctionnement, nettoyage, observation, chargement, bruit, travail de nuit, aménagements, évaluation.* Sur ces pages presque blanches, l'expéditeur avait écrit à la main :

Ne pas entendre
Ne pas voir
Se laver à l'infini de la souillure humaine
Prononcer des mots propres
Qui ne tachent pas
*Évacuation (**Aussiedlung**)*
*Restructuration (**Umstrukturierung**)*
*Réinstallation (**Umsiedlung**)*
*Reconversion (**Umstellung**)*
*Délocalisation (**Delokalisierung**)*
*Sélection (**Selektion**)*
*Évacuation (**Evakuierung**)*
*Licenciement technique (**technische Entlassung**)*
*Solution finale de la question (**Endlösung der Frage**)*
La machine de mort est en marche.

Une fois passé le premier choc de la lecture, je me fis peu à peu aux certitudes suivantes. Il était clair que les cinq envois représentaient les cinq phases arrêtées d'une progression diaboliquement conçue. L'intention dépassait le cadre d'une pure volonté de déstabiliser Mathias Jüst, son objet était plus vaste et sans doute me concernait-il comme il concernait n'importe quel humain. L'expéditeur m'apparaissait par ailleurs comme un être informé, d'une intelligence supérieure. Il avait pris le risque d'écrire à la main, c'est donc qu'il ne se sentait pas en danger d'être dévoilé. Intuitivement je sentais qu'il ne pouvait s'agir de Karl Rose. Le directeur adjoint n'aurait jamais eu, me semblait-il, une telle plasticité psychique ou « artistique » pour développer ce propos et d'ailleurs les deux échantillons d'écriture dont je disposais ne se ressemblaient en aucun point. Celle de Rose était serrée, nerveuse, convulsée, à peine lisible, l'autre était ample, aérée, presque calligraphique.

Faisant des recherches, je retrouvai dans un recueil d'aphorismes la citation de Karl Kraus, pamphlétaire viennois mort en 1936. Il me sembla alors plausible et même probable que la presque homonymie Karl

Rose/Karl Kraus avait agi sur le psychisme malade de Mathias Jüst pour orienter ses soupçons. On sait le terrible génie littéral de la psychose lorsqu'elle est à l'œuvre, mais entre Rose et Kraus il y avait plus qu'une simple assonance : une torsion de sens, un vénéneux passage de la langue maternelle à la langue étrangère.

Sous prétexte de demander à Jüst ce que je devais faire des lettres contenues dans le coffre, je lui rendis une seconde visite à l'hôpital pavillonnaire. Il me reçut dans la même chambre, au troisième étage du Château. Il était assis sur une chaise en bois peint à côté de la télévision éteinte. Peut-être attendait-il là depuis des heures à fixer l'angle du mur derrière ses lunettes fumées. Ses mains tremblaient très fort, ses genoux étaient agités de mouvements saccadés, cette espèce de fausse impatience que produisent les médicaments antipsychotiques. Je vous ai dit que c'était sans valeur, me répéta-t-il, du mensonge à l'état pur. Mon père n'était pas à Berlin à cette époque, il n'était pas technicien, mon père était un simple commerçant de Hambourg enrôlé de force dans un bataillon de police à l'est de la Pologne. Il marqua un long temps de silence. C'est un procédé répugnant, reprit-il, je n'ai rien à voir avec ça, débarrassez-moi de ça. Comme je lui fis remarquer que l'écriture de la dernière lettre ne correspondait pas à celle de Karl Rose, il eut une moue accusatrice. Kraus, marmonna-t-il, Kraus est bien trop habile pour signer de sa main. Quelqu'un frappa doucement à la porte, une infirmière effarouchée qui l'interpellait d'une voix un peu forcée : monsieur Jüst, votre médication, monsieur Jüst. Elle déposa sur sa table un récipient contenant des pilules et attendit sans un mot qu'il les absorbe. Après son départ nous étions de nouveau face à face, je ne distinguais pas ses yeux derrière ses lunettes fumées mais je crois qu'il ne regardait rien, il n'avait pas de regard, ma présence même ne lui importait plus, et je pensais à cette lettre technique contaminée d'abord par un texte fou, puis dévorée peu à peu par un processus d'annihilation dont surnageaient çà et là quelques vocables, des mots communs, des injonctions prophétiques, ne pas entendre, ne pas voir, la machine de mort est en marche.

Je ne pus me débarrasser de ces lettres. Plus je les parcourais et plus leur sens semblait s'éloigner de moi. Le sens d'un mot, d'une phrase ou d'une image est lié à ce qu'un autre veut vous dire. Qui était l'autre, que voulait-il dire et pourquoi me sentais-je, comme à mon insu, destinataire de son message ? La nuit qui suivit ma visite à l'hôpital, il se produisit un événement intérieur tout à fait déterminant. Cet événement est un rêve qu'il faut que je raconte avec toute la précision dont ma mémoire est capable. J'étais dans une usine désaffectée, une vaste salle déserte dont il ne restait plus que le socle bétonné des machines. Des projecteurs accrochés à un pont roulant éclairaient une petite estrade de bois où quatre hommes en habit de cérémonie jouaient le quatuor d'un nommé Rosenberg ou Rosenthal. Derrière eux, il y avait une immense porte à deux battants, barrée par une traverse métallique. À un moment, on entendit des coups sourds de plus en plus violents et qui semblaient provenir de la porte. L'un des musiciens finit par interrompre le morceau, se lever, déposer son instrument et manœuvrer la traverse pour entrouvrir la porte. Le réveil intervint à ce moment précis. J'étais dans un état d'angoisse extrême. Une idée, une interrogation, se forma dans mon esprit. Je recherchai la lettre où apparaissaient en filigrane les portées musicales, et j'eus la confirmation de ce que j'avais dû voir sans en prendre vraiment conscience : les portées étaient groupées quatre par quatre, les pages provenaient d'une partition de quatuor à cordes. Les quelques annotations, à peine lisibles, de tempo ne m'indiquaient certes aucune piste plus précise mais, à ce seul signe, tout ou presque était dit.

Lynn Sanderson refusa de me recevoir. Elle prétexta une fatigue extrême, séquelle d'une atteinte hépatique qui la rendait très faible. Sur le conseil de son médecin elle pensait aller se reposer chez sa mère en

Angleterre. Comme j'insistais, elle eut ces mots sans appel : si c'est pour reparler de Mathias, non et non, j'ai été misérable dans toute cette histoire, j'ai trop parlé, même à vous, j'ai beaucoup trop parlé.

Je repris contact avec Jacques Paolini. Il me reçut comme la première fois dans son laboratoire : le même homme avenant, au langage policé, au sourire malicieux. Il m'accueillit avec une certaine chaleur : et quelles bonnes nouvelles m'apportez-vous, monsieur le psychologue industriel ? Je lui tendis une des pages du quatuor que j'avais recopiée à la main pour l'extraire du texte qui figurait en surimpression. Avez-vous joué ce quatuor ? lui demandai-je. Il parut un peu surpris mais ne se laissa pas décontenancer, chaussa ses lunettes et se mit à fredonner doucement. L'extrait est fort court, observa-t-il, mais ce doit être le Franck, le second mouvement. C'est vrai, nous l'avions commis à l'époque, que le compositeur nous pardonne. Paolini me jaugea par-dessus ses demi-lunes : pourquoi donc cette fixation sur le Quatuor Farb, vous voulez vraiment réveiller ces vieux fantômes ? Je produisis une réponse embrouillée dont il ne parut pas croire un seul mot. Se laissa pourtant mener sur le terrain de ses souvenirs, évoquant le quatrième homme qui était, lui, un remarquable musicien. Il s'appelait Arie Neumann, il venait du département commercial et avait dû quitter la firme au moment de la restructuration. Un homme étonnant ce Neumann, songea à voix haute Paolini, nous n'étions à ses côtés que de pâles violoneux. Le chimiste parlait ainsi sans méfiance, acceptant de ne pas tout à fait comprendre ce qui sous-tendait ma curiosité. À la fin de l'entretien, et comme un dernier piège, je lui demandai s'il avait jamais entendu parler de Karl Kraus. Décidément, observa-t-il, vous me faites jouer à un jeu de questions-réponses dont je ne saisis pas bien les motivations. Mais il ne résista pas à l'envie de me raconter l'histoire suivante. Karl Kraus était tellement éloquent que le tout-Vienne accourait à ses conférences. Un jour, dans les années trente, Kraus, qui n'avait jamais été complaisant envers les nazis, entendit à la radio un discours d'Hitler et crut s'entendre lui-même, il fut stupéfié de reconnaître une voix qui jouait des mêmes procédés oratoires de séduction, d'envoûtement et de galvanisation, couvait, rampait pour capter l'auditoire puis peu à peu montait, s'enhardissait, lançait brusquement des menaces et des incantations. La ressemblance était telle que Kraus fut persuadé que le jeune caporal était venu assister à ses conférences et lui avait subtilisé sa flamme et sa voix, désormais reproduite par des milliers de postes de radio, ces *Volksempfänger* que le nazisme distribuait aux foyers pour disséminer ses slogans. Cette histoire de vol mimétique est une effrayante parabole, conclut Paolini. Son sourire équivoque me poursuivit longtemps après notre entretien.

Je fis des recherches à propos d'Arie Neumann. Je tombai sur une fiche d'embauche, écrite de la main de mon prédécesseur. Elle donnait quelques informations d'âge, de famille, de parcours professionnel. Arie avait alors cinquante-cinq ans, il était le frère de Cyril Neumann, un pianiste renommé, aujourd'hui décédé. Quelqu'un avait écrit sur sa fiche : « *Séduisant, atypique, peu rigoureux, peu motivé, résultats médiocres.* » D'année en année, les cotes d'évaluation se confondaient avec d'autres données numériques qui reflétaient son chiffre d'affaires, en baisse quasi constante. Avant d'entrer à la SC Farb, Arie Neumann avait tenté sa chance comme musicien indépendant, il avait été ensuite associé à une petite entreprise de lutherie puis à une maison d'édition d'ouvrages spécialisés. À plusieurs reprises, des notes de frais d'hôtel étaient barrées d'une même remarque lapidaire : « *Surévalué.* »

Le rêve du quatuor me revint à trois reprises, j'ai noté les nuits du 24 février, du 2 et du 4 mars. Chaque fois, le rêve déformait la scène initiale, agrandissant démesurément la porte métallique et réduisant le quadrilatère éclairé où officiaient les musiciens. Ils finissaient par ressembler à des pantins mécaniques, voire aux petits automates figés sur la boîte à musique du bureau de Jüst. Une angoisse anticipatrice me faisait interrompre le rêve de plus en plus tôt. La dernière fois, je ne me souvenais plus de rien, je savais simplement qu'il s'agissait de ce rêve-là, non d'un autre, et j'éprouvais en me réveillant une oppression respiratoire, mon pyjama était trempé de sueur, mon cœur battait à toute force.

Le 8 mars je reçus à la firme une lettre dont je reconnus au premier coup d'œil le caractère typographique. Je n'en croyais pas mes yeux, même si elle actualisait avec violence ce qui m'avait traversé l'esprit à plusieurs reprises. Mes mains tremblaient en déchirant la garde de l'enveloppe. Dans la lettre il y avait deux pages parcourues par un ruban de papier grège, comme dans les télégrammes d'antan, et sur lequel courait un texte continu, sans aucune ponctuation. J'en extrais ici un passage :

*-il-semble-que-l'on-obtienne-des-ré-
sultats-satisfaisants-lorsque-les-tests-sont-
utilisés-en-fonction-des-conduites-obser-
vées-dans-chaque-circonstance-mais-cela-
implique-une-détection-des-variables-
pertinentes-à-partir-de-la-seule-étude-
clinique-des-situations-concrètes-de-tra-
vail-et-l'élaboration-d'instruments-spé-
cifiques-plutôt-que-le-recours-à-des-outils-
standards-tout-élément-impropre-au-
travail-sera-traité-en-conséquence-au-vu-
des-seuls-critères-objectifs-comme-on-trai-
te-un-membre-malade-on-gardera-en-mé-
moire-les-items-un-d'âge-deux-d'absen-
téisme-trois-d'adaptabilité-selon-l'axe-
compétence-convertibilité-sans-omettre-
les-cotes-d'évaluation-régulièrement-
mises-à-jour-il-faut-avoir-à-l'esprit-que-
les-personnes-déficientes-sont-susceptibles-
de-transmettre-le-préjudice-à-ceux-qui-
leur-succèdent-les-performances-finales-
seront-évaluées-selon-une-note-globale-
combinant-l'ensemble-des-facteurs-et-
sélectionnant-les-prédicteurs-selon-leur-
lien-à-la-fonction-professionnelle-visée-
diverses-procédures-de-classification-a-
priori-ou-a-posteriori-ont-permis-d'isoler-*

des-groupes-d'individus-homogènes-où-
les-prédicteurs-biographiques-se-sont-
révélés-particulièrement-utiles

Les événements, les histoires dont nous ne voulions être que les témoins, les acteurs secondaires, les narrateurs parfois, resserrent un jour sur nous le spectre de leur évidence. Un premier mouvement me fit manquer de déchirer la lettre, mais je repris mes esprits, m'attachant à retrouver les origines de cette savante intrication de textes. Il s'agissait pour une grande part de phrases très ordinaires tirées d'un manuel de psychologie du travail. Ces fragments mis bout à bout se révélaient vagues, généraux, même si je ne pouvais manquer d'y voir une allusion précise à ma fonction, voire à ma contribution personnelle lors de la restructuration. Dans le même plan général, étant donné l'absence de ponctuation, certaines phrases trahissaient une autre provenance, elles se fondaient au premier texte et semblaient pousser à l'extrême la logique de celui-ci, constituant des inclusions malignes qui tendaient à en corrompre la trame, au point que certains mots d'un vocabulaire technique pourtant familier se retrouvaient chargés d'une potentialité de sens que l'on ne leur soupçonnait pas. Je me souviens que je ne pus analyser plus avant cette littérature qui entendait me tendre un miroir déformant et grossier. À l'époque où je reçus la lettre, j'éprouvai de la colère et de la peur. Colère et peur de figurer désormais dans la ligne de mire de l'exécuteur anonyme. L'homme s'était tourné vers moi, il avait déplacé son arme, il m'ajustait comme un sniper à l'angle noir d'une fenêtre. Aucune mention d'expéditeur n'était bien sûr précisée, l'envoi avait été posté, comme ceux adressés à Mathias Jüst, dans la ville de N.

Paolini, avec lequel je repris aussitôt contact, prétexta qu'il avait trop de travail au laboratoire, acceptant de mauvaise grâce un rendez-vous sur la pause de midi à la cafétéria de la firme. Cette réticence était nouvelle. S'il choisissait ce lieu, trop public, écrasé en permanence par le vacarme, c'est qu'il souhaitait à l'évidence restreindre notre échange. J'y rencontrai un homme distant, embarrassé, jouant comme il pouvait des registres de l'élusion et de la digression. Je finis par lui montrer un extrait de la lettre anonyme et lui demander si c'était lui qui omettait de signer ses envois et s'amusait à ce jeu détestable. Il prit le temps de lire attentivement l'extrait puis il leva sur moi un regard lourd d'arrière-pensées et prononça ces mots : cette histoire ne sera donc jamais finie. À la question : avait-il vu Neumann depuis notre dernière rencontre ? il ne répondit ni oui ni non, observa un éloquent silence.

Cet après-midi-là, j'eus un malaise au travail, le premier d'une série de malaises qui viendraient désormais ponctuer l'animation de mes séminaires et faire vaciller peu à peu la tranquille certitude qui avait fait de moi un technicien rigoureux et apprécié. J'éprouvais brusquement une impression de dédoublement, je me voyais hésiter sur des mots dont le sens m'était soudain étranger, le regard des participants accentuait mon trouble et l'angoisse montante produisait un accès de transpiration profuse, voire une sensation de manque d'air. Je me reprenais vaille que vaille, m'appuyant sur quelques subterfuges, et le reste de la séance se déroulait dans une tension de tous les instants où il me fallait surveiller la moindre de mes interventions. Je finis par redouter ces séminaires, prétextant le surcroît hypothétique du travail de sélection pour les ajourner, cherchant à retrouver confiance en me plongeant le soir dans des lectures scientifiques souvent ardues. J'étais traversé de doutes, j'avais l'impression que mon propre choix professionnel (ce choix qui faisait tant gloser les manuels de psychologie du travail) reposait sur un malentendu fondamental. Quel sens y avait-il en effet à motiver les gens pour un objet qui au fond les concernait si peu ? À certains moments, heureusement passagers, j'eus même la sensation d'être visé par une espèce de sort. Cette pensée m'invita à jeter au feu les lettres anonymes. Je ne le fis pas, convaincu de l'inanité de ce geste, et sentant confusément que tout n'avait pas été dit, que chacune de ces lettres constituait une preuve qui n'avait pas encore parlé, et qu'enfin les faire disparaître n'abolirait pas leur charge effrayante ou malveillante. Le 22 mars je reçus un courrier que je craignais autant que j'attendais. J'y retrouvai les deux mêmes pages parcourues par un ruban grège, les mêmes fragments repiqués d'un manuel de psychologie du travail, mais il apparaissait ici (et la comparaison des deux lettres ne faisait aucun doute) que le premier texte technique avait été envahi et comme dévoré par *l'autre* texte dont j'isole les fragments les plus significatifs :

-tout-élément-impropre-au-travail-sera-traité-en-conséquence-au-vu-des-seuls-critères-objectifs-comme-on-traite-un-membre-malade-ou-gangreneux-

-le-tri-s'effectuera-selon-la-planification-décrite-dans-les-cas-douteux-on-se-reportera-utilement-au-questionnaire-du-Reichsarbeitsgemeinschaft-Heil-und-Pflegeanstalten-

-le-programme-Tiergarten-4-tiendra-compte-de-la-capacité-au-travail-machi-

nal-on-entend-par-là-l'aptitude-à-répéter-
le-geste-efficace-sans-perte-de-perfor-
mance-

-à-Grafeneck-neuf-mille-huit-cent-tren-
te-neuf-ont-été-traités-à-Sonnenstein-
cinq-mille-neuf-cent-quarante-trois-à-
Bemburg-huit-mille-six-cent-un-et-à-
Hadamar-dix-mille-soixante-douze-

L'allusion ici au programme d'éradica-
tion des malades mentaux, baptisé par les
nazis **Tiergarten 4,** me parut plus que
grossière : insultante. Mais cette fois il
avait écrit son nom au revers de l'enveloppe : « *Arie Neumann, Café Salzgitter,
N., le soir, entre dix-sept et dix-neuf
heures.* »

Je me souviendrai toujours de ce grand
café triste qui abritait une piste de danse à
l'ancienne et un vieux piano laqué blanc.
Deux serveurs en livrée erraient entre les
tables sur fond de musique lointaine et de
brouhaha léger. Les clients chuchotaient
comme pour ne pas nuire à l'ambiance. Je

mis du temps à l'aviser derrière l'espace dégagé de la piste, il me sembla que ce ne pouvait être que lui : cet homme attablé seul à côté d'un manteau roulé en boule et qui fumait en silence, l'œil songeur, jetait de temps à autre quelques notes dans un petit carnet. Un pull effrangé, de longs cheveux gris ramassés à l'arrière par un catogan noir, un visage blêmi par les luminaires et dont saillait l'ossature. Le garçon de salle vint remplacer son verre avec une précaution respectueuse. Je m'approchai de lui, l'interpellant doucement, Arie Neumann ? Il posa sur moi un regard intrigué, me fit préciser mon nom et m'invita à prendre place. Je retranscris aussi fidèlement que possible le texte de cet entretien, même si j'hésite encore sur certains mots qu'il prononça. Je me souviens qu'au début j'étais cloué par son regard clair, un regard qui cherchait moins à me percer qu'à tenter de me reconnaître. Pourquoi êtes-vous venu me voir ? me demanda-t-il avec une curiosité aimable, presque bienveillante. Je lui répondis : la seconde lettre que vous m'aviez adressée était une provocation à la rencontre. Vous auriez pu l'ignorer, objecta-t-il du même ton doux, détaché, vous auriez pu tout aussi bien la jeter au feu. Je bredouillai : sans doute avais-je besoin d'y mettre un visage. Et je m'entendis ajouter, la gorge nouée : il y a une lâcheté à envoyer des lettres non signées. Une lâcheté, reprit-il en écho, puis il exposa à voix lente : je crois que chacun des textes était signé, monsieur, que ce fût par un nom, ou la clarté du corpus dont il était issu, je n'ai fait qu'assembler des fragments dont aucun ne m'appartient, ce faisant je ne suis pas seul responsable de la question qui vous amène à moi. L'argument est un peu facile, rétorquai-je, vous savez mieux que moi combien chacun des textes était choisi, adressé, savamment mis en page, la perversion consiste à ne pas apparaître en pleine lumière, ce n'est pas honnête, ce n'est pas humain d'agir de la sorte. Il me dévisagea en silence. Vous avez raison, convint-il, les mots sont exactement ceux-là : ce n'est pas humain. Et il ajouta à voix basse : ma seule complaisance fut de jouer avec les textes comme avec des formes sur le blanc de la page. Un jeu gratuit sur le patronyme de Jüst, lui fis-je observer. Et pourtant tout est là, enchaîna-t-il, dans le hasard terrible d'une homonymie. Puis il dit : un jeu sur le nom, un mot pour un autre, une ressemblance, c'est à ce risque-là que peut apparaître le sens. Et il marqua de nouveau un silence. J'eus l'impression que nous ne pourrions pas aller plus loin, qu'à chacune de mes questions il répliquerait sur ce ton d'évidence ces formulations générales, vaguement équivoques. Pourtant je lisais dans son regard une tristesse et même une souffrance voilée, désarmant ce mélange d'effroi et de fureur qu'avait suscité chez moi la rencontre. J'ai assisté à la lente folie de Mathias Jüst, repris-je. La folie était présente depuis le commencement, murmura-t-il, elle était avant lui, bien avant lui. Et il eut cette phrase : j'ai connu moi aussi la folie de Jüst mais à l'époque elle était gelée comme son cœur. Il sortit son paquet de cigarettes et m'en présenta une. Lorsque Mathias Jüst jouait de la musique, reprit-il pensivement, il ressemblait à un enfant appliqué, inquiet, attiré par le vide et cramponné à son instrument. Toute la tension de cet homme tenait dans

91

cet instant-là. C'est plus tard, quand la musique était finie, c'est plus tard que j'ai pris la mesure de son aveuglement, mais aussi d'un autre aveuglement, bien pire, bien plus étendu, quelque chose comme un dérèglement de la langue qu'absorbaient ces êtres à la folie gelée comme l'était Mathias Jüst. Fallait-il réveiller cette folie ? lui demandai-je. Il répondit en pesant chaque mot : j'ai rendu coup pour coup, dans la violence de ce qui n'est adressé à personne par personne, comprenez-vous ? Puis, comme j'affirmais ne pas comprendre, il se mit à raconter une histoire, une espèce de sombre allégorie qui concernait à nouveau la note technique du 5 juin 1942, comme si nous n'en avions jamais fini avec elle, que nous étions condamnés à la lire et la relire sans cesse. Là-bas, commença-t-il, il y a un camion gris qui traverse la ville, c'est un camion banal, métallisé qui se dirige vers le puits de mine à deux ou trois kilomètres des dernières maisons. Le chauffeur et le convoyeur ne se retournent pas vers le hublot qui permet de surveiller l'intérieur de l'habitacle. Ils sont fatigués, ils ont encore dix transports à effectuer avant la tombée de la nuit, dix traversées de la ville dans des conditions pénibles. D'autant que dans les premières minutes du transport, il leur faut pousser le moteur pleins gaz pour couvrir ces espèces de cris et de soubresauts bizarres qui vont jusqu'à déséquilibrer la voiture. Assez vite, heureusement, tout redevient calme et le transport s'effectue toujours dans les temps, selon la planification prévue. On voit un, deux, dix camions qui convergent vers le puits de mine. Où vont les camions? demande l'enfant posté à la fenêtre. Ils vont vers la mine, ils font leur travail. À la tombée de la nuit, les véhicules sont alignés dans la cour de l'école, les chauffeurs se passent une bouteille de schnaps, ils sont harassés, heureux d'avoir terminé une journée qui avait commencé, comme les autres, beaucoup trop tôt. Les convoyeurs, eux, achèvent leurs comptes de la journée et rendent leur note du jour à un officier contremaître qui leur tape sur l'épaule et blague avec chacun d'eux. L'officier pense que si le temps continue à être clément, sans la pluie qui embourbe les camions, il pourra terminer la mission en fin de semaine. Et son supérieur, l'Obersturm-bannfürher, celui qui a modalisé l'ordre à cent kilomètres de là, se félicitera de la bonne avancée des opérations. Si vous demandez à chacun ce qu'il fait, il vous répondra que tout se passe comme prévu, avec un peu de retard peut-être sur la pla-nification, il vous répondra dans la langue morte, neutre et technique qui a fait de lui un camionneur, un convoyeur, un Unter-fürher, un contremaître, un scientifique, un directeur technique, un Obersturm-bannfürher. Arie Neumann ébaucha un lointain sourire. Vous comprenez mieux maintenant ? Je fis signe que non. Je lui dis que j'étais las de toutes ces histoires d'extermination et d'Holocauste, que leur évocation incessante finissait par relever pour moi d'un voyeurisme morbide. À peine avais-je prononcé cette phrase qu'elle me parut déplacée, peut-être pro-vocante. Vous êtes juif ? me demanda-t-il après un silence. Je tressaillis, je m'enten-dis répondre que mon père était juif mais que la judéité se transmettait, disait-on, par les mères. La judéité par les mères, repéta-t-il comme s'il ne me croyait pas et il approcha sa main de mon visage, ce fut un moment très étrange, pendant quelques secondes il eut ce geste de lever la main sur mon visage et de le parcourir des doigts comme s'il cherchait à le lire, tactilement. J'en ressentis une gêne profonde, je dus retenir un mouvement de recul, tant à cause du caractère intime de ce geste (presque hiératique dans mon souvenir, dénué d'intention apparente sinon celle d'opérer sur moi une espèce de lente, attentive, incrédule reconnaissance) qu'en raison de l'allusion à la judéité qui résonnait encore de ma propre dissimulation. Il alluma une autre cigarette et je vis qu'il tremblait. L'histoire qu'il me livra ensuite projette un autre éclairage sur ce qui venait de se produire. L'émotion nouait sa voix, tout en me parlant il me fixait d'un regard bridé, comme s'il regardait un autre au travers de moi. Il dut s'interrompre à plusieurs reprises. Je vois une gare, recommença-t-il, je vois des gens qui descendent abrutis de wagons scellés. Parmi ces êtres hagards, titubants sur le terre-plein, je vois un prince noir, seigneurial, à côté d'une ambulance à croix rouge qu'ils ont posée là pour le décor. L'homme est médecin, il sépare dans la foule les faibles, les vieux, les malades, des aptes au travail. Il dit : links, links, rechts, links, ce sont ses seuls mots. Un garçon de douze ou treize ans, qu'il a envoyé à gauche, se débat comme un beau diable au milieu des uniformes verts. Il paraît déjà solide, volontaire. L'officier médecin hésite, il pense à se raviser puis il se ressaisit, vocifère : j'ai dit links, ce qui est dit est dit. La nuit, il n'arrive pas à dormir, il vient dans la chambre de son enfant qui dort. Son enfant, il le sait, ressemble au jeune diable juif, c'est la ressemblance, découvre-t-il, c'est la ressemblance avec son propre enfant qui tout à l'heure l'a saisi d'un trouble. Alors il se couche dans le lit de son fils, il le serre dans ses bras si vigoureusement que l'enfant gémit de frayeur, il ressent dans son dos le contact de son père et il a envie de crier mais il n'ose pas, il fait semblant de dormir, son corps, la peau de son corps lit le corps de son père et le lira toute sa vie comme une ombre animale l'entraînant dans sa chute, avec ces deux petits mots qui résonnent à jamais comme une litanie hésitante : links, links, rechts, links... Il écrasa sa cigarette et je crus m'apercevoir qu'il pleurait. Sans la moindre crispation du visage, dans la pénombre du café Salzgitter. J'avais l'impression qu'il était loin de tout, inatteignable, et pourtant si proche, infiniment vulnérable. Et son émotion me gagnait. Je finis par lui demander pourquoi il m'avait raconté cela. Il me répondit simplement : c'est toute notre histoire. Quelle histoire, insistai-je, la vôtre ou la mienne ? Il parut ne pas m'entendre.

Vous aussi vous êtes juif ?

Il fit non de la tête.

Arie est pourtant un prénom juif.

Arie n'est pas le prénom que mon père m'a donné.

Il partit très vite, me touchant l'épaule en signe de salut. Inlassablement j'ai repassé notre entretien en mémoire et dans la mêlée des impressions j'ai pensé qu'il avait autant que moi craint et désiré la rencontre. J'ai tenté de saisir l'instant où celle-ci avait basculé, le situant assez tôt, au moment où il s'était mis à parler de Jüst et de la musique. Puis j'ai revu le geste de sa main sur mon visage, me disant qu'il avait peut-être voulu par là rompre nos isolements, forcer brutalement un passage, et poser un démenti à la violence anonyme des lettres, comme s'il entendait ainsi me dire : je ne désire pas, non, t'ignorer, te détruire par ces lettres, toi que je ne connais pas. J'ai pensé à des ennemis qui ne se reconnaissent plus comme ennemis, à des amants qui se retrouvent et s'inter-disent de prononcer un mot, à ce senti-ment qu'il me restait de colère anéantie, de profond soulagement. J'étais soulagé parce que l'homme avait désormais un visage. Et je me souvenais du trouble qui m'avait saisi lorsque la main de Mathias Jüst s'était refermée sur moi, cette angoissante étreinte que dissipait soudain le visage de l'autre. Car l'un m'avait mené à l'autre, et peut-être tous deux finissaient-ils par s'unir, se ressembler, avec leur haute taille, leur masque osseux, dur, l'obscure charge de mémoire qu'ils portaient au fond d'eux-mêmes, et cette accommodation insistante de leurs regards.

Il ne revint pas au Salzgitter, je ne le revis plus. Le garçon de salle ne put me donner que peu de renseignements. Il venait écrire là, me précisa-t-il, derrière la piste de danse, il prenait quelques bières, il ne parlait à personne, on le voyait quelques soirs d'affilée puis il disparaissait pour d'assez longues périodes. Il devait être musicien car il demandait parfois que l'on pose à la vitre un programme de concert. Et le jeune serveur de me montrer une affiche bistre qui annonçait pour le 8 avril le concert d'un ensemble à cordes. Je pris note du renseignement et je m'en tins là.

Le 24 mars, Karl Rose me fit appeler dans son bureau dès mon arrivée à la firme. Il avait sa mine des jours graves, il me dit qu'il était au regret de devoir mettre en application une mesure pénible et il me tendit ma lettre de licenciement. Aucune motivation n'étayait la décision, la seule indication qu'il consentit à me donner fut celle-ci : quelques-uns de vos collègues ont dû constater un certain nombre de manquements peu compatibles avec l'exercice de votre profession. Il ne précisa pas. L'entretien glissa très vite vers les modalités de préavis qu'il ne souhaitait pas que j'effectue. En me quittant, il me lança un glacial : bonne chance. J'avais une heure pour rassembler dans un sac en plastique mes effets personnels, rendre la clef de mon bureau et quitter l'entreprise. À travers la fenêtre une secrétaire me fit un lointain signe, elle avait un mouchoir à la main, je crois qu'elle pleurait. Moi aussi j'avais envie de pleurer, d'humiliation sans doute, de tristesse un peu, la tristesse des petites morts. Il tombait une neige de mars, quelques flocons fondants, volatils, comme en ce jour de novembre où Rose m'avait convoqué dans son bureau. Encadré par ces deux parenthèses neigeuses, cet hiver ainsi prenait fin, un hiver damné de brouillards et d'averses de pluie. Je fis un long tour en ville avant de rentrer chez moi. Dans mon appartement, tout me semblait étonnamment silencieux, je remis en place mes affaires (des notes manuscrites, des livres professionnels), j'ouvris par dérision une bouteille de champagne que je bus jusqu'à l'ivresse.

Le concert du 8 avril avait lieu dans une ancienne église baroque, débarrassée de ses insignes religieux, la charpente et les murs mis à nu. Le public était clairsemé et la nef glaciale malgré des radiateurs au gaz. Au commencement du programme, ils jouaient *Fratres* d'Arvo Pärt. Le compositeur estonien, évoquait-on, avait été inspiré par la vision d'une procession de moines marchant sans fin dans la lumière vacillante des chandelles. Il affirmait travailler avec très peu d'éléments, une ou deux voix, trois notes tendues, inlassablement modulées. Lorsque les musiciens montèrent sur le piédestal qui servait d'estrade, je revis exactement la scène de mon rêve. Arie Neumann était le dernier d'entre eux, il tenait son violon au bout de ses doigts. Les autres s'étant assis, il demeura debout un temps, le regard tendu dans ma direction. Cet instant fut pour moi celui d'une désignation muette et bouleversante. Et quand, sur fond de bourdon continu, les premières notes prirent leur essor, je vis ce que je n'avais pas pu voir, ce que je n'avais pas voulu voir, ces images soudain trop nettes de l'ouverture de la porte métallique après le basculement de la traverse, la masse noire des corps, le monceau de cadavres mous, enchevêtrés, **Ladung, Ladegut,** sous l'ampoule grillagée jaunâtre, et qui glissait avec l'inclinaison lente du plancher, laissant apparaître ici une main, une jambe, là un visage écrasé, une bouche tordue, sanguinolente, des doigts agrippés à l'étoffe d'un sousvêtement poisseux, sali par l'urine, le vomi, le sang, la sueur, la bave, **Flüssigkeit,** et l'ensemble de ces corps, **Stücke,** roulant flasques les uns sur les autres, déplaçant le poids de la masse vers la fosse, tous ces cadavres souples, mais emmêlés, confondus encore, l'un étiré comme une poupée molle, l'autre agité, eût-on dit, de gestes convulsifs, chacun se détachant lentement de la masse avec le déplacement du poids, **Gewichtsverlagerung,** chacun se défaisant peu à peu de l'étreinte humaine d'asphyxie, tel masque grimaçant, telle face bleuie, stuporeuse et sous le **dicker Schmutz**, la merde, ces petits êtres au creux des jambes des femmes, des vieillards squelettiques, ces fillettes aux yeux cavés, ces garçons nus couverts d'ecchymoses, toutes ces créatures, **Stücke**, qui portaient des noms, **Stücke**, dans une langue qui plus que toute autre s'est vouée à la passion sacrale des noms, des mots et des cérémonies, **Stücke**, Moïse, Moshe, Amos, Hannah, Shemel, Shemuel, **Stücke**, ma mère, mon amour, **Stücke**, Micha, Maïka, Magdalena, **Stücke**, **Stücke**, **Stücke**, chacun de ces corps émergeant peu à peu du sein terreux de la masse pour tomber l'un après l'autre, par paires, par paquets, dans le trou obscur de la mine, **Dunkel**, la mer des corps enfouis, engloutis, d'où montent les cris et les clameurs, neuf violons en discorde, trois notes stridentes. *Fratres*. Noir.

Je n'ai pas d'autres souvenirs relatifs à cette histoire. Je sais qu'un jour Lucy Jüst a laissé un message d'appel sur mon répondeur mais je n'y ai pas donné suite. Quelques mois après mon licenciement, j'ai obtenu un emploi dans une maison pour enfants autistes où je travaille encore. C'est un travail inconfortable et mal payé mais je n'ai pas envie de le quitter. Il y a une beauté sauvage chez ces enfants qui ont perdu la langue avec les hommes. Pourtant ce n'est pas cela qui me retient. C'est leur regard peut-être, car ils voient tout, ils ne laissent rien passer de nos ruses, de nos habiletés, de nos faiblesses. L'un d'eux s'appelle Simon comme moi. Lorsque l'angoisse l'envahit, il se frappe la tête contre le mur jusqu'au sang. Il faut alors l'approcher avec douceur, l'inviter à se calmer en le serrant contre soi sans rompre le peu d'enveloppe psychique qu'il lui reste. C'est ce combat incertain, cette lutte sans cesse recommencée contre les ombres qui m'a appris bien davantage que toutes mes années de brillante carrière à la SC Farb. Parfois je pense que c'est mon acte de résistance intime à Tiergarten 4. Et je crois qu'il me plaît d'être désormais aux marges du monde.

Remerciements à la Fondation Auschwitz de Bruxelles et à Marie-Christine Terlinden, pour l'aide précieuse qu'elle m'a apportée dans la traduction de la note technique du 5 juin 1942. Merci aussi à Pascale Tison et Bernadette Sacré pour les éléments « hasardeux » qu'elles ont posés sur ma route lorsque ce texte était en travail.

Achevé d'imprimer en septembre 2007
sur presse Cameron
*dans les ateliers de **Bussière***
à Saint-Amand-Montrond (Cher)
pour le compte des Éditions Stock
31, rue de Fleurus, 75006 Paris

Imprimé en France
Dépôt légal : septembre 2007
N° d'édition : 94319 – N° d'impression : 073190/1
54-51-5176-07/0